Trotzdem ... lache ich gerne

Sandra Bloch

Trotzdem … lache ich gerne

Bibliografische Information der Deutschen Nationalbibliothek:
Die Deutsche Nationalbibliothek verzeichnet diese Publikation in der
Deutschen Nationalbibliografie;
detaillierte bibliografische Daten sind im Internet über
http://dnb.d-nb.de abrufbar.

Satz, Coverdesign, Herstellung und Verlag:
Books on Demand GmbH, Norderstedt
ISBN: 978-3-8391-7352-7

Ohne euch wäre dieses Buch nie entstanden!

An dieser Stelle möchte ich den Menschen danken, die mir auf meinem Weg die Hand gereicht und mir den Rücken gestärkt haben. Ohne euch wäre ich heute nicht so selbstbewusst. Ebenso möchte ich mich bei den Menschen bedanken, die mir Steine in den Weg gelegt haben. Ihr habt mich erst recht stark gemacht, denn an jedem Stein bin ich über mich hinausgewachsen! Besonderen Dank möchte ich meinen Wegbegleitern aussprechen: Meiner Tochter Alina, ich liebe dich mehr als mein Leben. Du bist ein Geschenk des Himmels. Meinem Mann Rüdiger, danke, dass du immer bei mir bist und mir auch dann die Hand gereicht hast, wenn ich sie weggeschlagen habe. Du bist ein Teil von mir. Ich wüsste nicht, wo ich ohne dich wäre. Ich liebe dich. Meinen Schwiegereltern, die immer hinter mir standen und nur das Beste für mich wollten. Meinen Freunden Monika und Klaus. Meinen Kollegen und meiner Chefin, ohne euch würde die Arbeit nur halb so viel Spaß machen.

Zum Schluss möchte ich meiner geliebten Mutter Doris danken. Ich bin mir sicher, du wolltest nur das Beste für mich, auch wenn du an deine Grenzen gestoßen bist und mir nicht alles gutgetan hat. Du bist für immer in meinem Herzen. Deine Sandy

Sandra Bloch

Trotzdem … lache ich gerne

Inhalt

Einleitung

Die Hälfte meines Lebens habe ich mit Sorgen, Angst, Trauer und Wut verbracht. Die andere Hälfte meines Lebens habe ich geweint. Das Leben nimmt einigen Menschen den Blick für die wirklich wichtigen Dinge im Leben: Freude, Lachen, Unbeschwertheit, Gefühl und Menschlichkeit. Diesen Blick habe ich nie verloren, ich war immer auf der Suche nach einem unbeschwerten Leben und nach meinem Lachen. Dies machte mir den Umgang mit Menschen, besonders mit Kindern, sehr leicht. Das schönste Geschenk ist ein Lächeln, ein Strahlen in den Augen. Lange habe ich gebraucht, um es zu finden, überall habe ich danach gesucht. Dass ich es nur in mir selbst finde, musste ich erst lernen.

Fantasie

Nun sitze ich hier, bei meiner Therapeutin, und weiß, dass ich mir alleine nicht mehr helfen kann. Aber komisch wird mir schon, als diese Ärztin sagt: »Wenn Sie Ihre Fantasie nicht hätten, wäre in Ihrem Leben alles noch viel, viel schlimmer für Sie gewesen.«

Es stimmt schon, dass ich mich einfach in Tagträume geflüchtet habe, wenn's mir schlecht ging. Ich habe mir vorgestellt, was wäre, wenn ich nicht Sandra wäre, sondern irgendein anderes, glückliches Mädchen. Aber dass mir meine Fantasie durch die schlimmste Zeit des Lebens geholfen hat, habe ich so nie empfunden. Mein Leben war da, ob ich es wollte oder nicht. Es stellte mir auch nie jemand die Frage, ob ich leben oder sterben wollte. Ich steckte in diesem Leben, und so war ich gezwungen, es zu leben.

Nun soll ich von mir und meinem Leben erzählen. Noch nie hat sich jemand für meine Probleme interessiert, also nutze ich die Chance und erzähle der Ärztin von mir. Ich versinke in meinem Leben und fange an:

Man sollte meinen, dass das Leben mit 40 Jahren in ruhigen Bahnen verläuft. Ehe, Kind, Arbeit, Haus, alles da, alles in bester Ordnung. Das ist die Norm – zu der ich leider oder vielleicht auch Gott sei Dank nie gehörte. Meine Erinnerungen gehen eigentlich nur bis zu meiner Schulzeit zurück. Ab und zu blitzen in meiner Erinnerung Bilder aus der Zeit davor auf. Dunkel, wie in Watte gepackt. Fremd, als würde ich Fotos eines anderen Menschen sehen. Als fünftes Kind wurde ich in eine Familie geboren, die bis dahin schon mehrere Schicksalsschläge erlitten hatte. Nun auch noch das »ungeplante Kind«, also ich. Das trug nicht dazu bei, dass es meiner Familie besser ging. Nicht geplant und mittenrein in das Leben, in das ich schon als Baby nicht hineinpasste. Meine Eltern hatten zu diesem Zeitpunkt bereits zwei Kinder verloren. Ich hatte noch eine Schwester und einen Bruder. Mein Bruder ist sieben Jahre und meine Schwester eineinhalb Jahre älter als ich. An meinen Vater kann ich mich kaum erinnern, warum ist mir völlig unklar. Wenn ich Fotos sehe, stelle ich fest, dass ich seine Nase geerbt habe – leider. Uns verbinden jedoch keine gemeinsamen Erlebnisse. Darum verspüre ich auch keinen Schmerz, wenn ich bedenke, dass ich ihn eigentlich nur von Fotos kenne. Ein Bild ist in meinem Kopf, meine Geschwister und ich gehen irgendwo spazieren und suchen Zaubersteine. Zaubersteine, die erinnern mich an meinen Vater. Sie waren weiß, klein und glitzerten, wenn Licht darauffiel. Ein silberner Kamm aus Metall erinnert mich ebenfalls noch an ihn. Ich sehe, wie sich mein Vater seine schwarzen Haare damit kämmt, er sitzt in einem braunen Ledersessel und ich schaue zu ihm hoch. Mehr ist nicht geblieben von ihm. Er hat kaum einen Eindruck bei mir hinterlassen. Kein Gesicht, kein Gefühl, keine Erinnerungen. Ich kann das nicht ändern, selbst wenn ich wollte.

Meine Mutter war dadurch mein Ein und Alles. Ich habe sie so sehr geliebt und hätte alles für sie getan. Später sollte genau das dann mein Los sein. Sie war meines Erachtens immer da, wenn ich sie brauchte. Als meine Mutter noch gesund war, war sie eine sehr lustige Frau. Sie hatte kugelrunde, strahlend blaue Augen, dunkelbraune lange Haare und war ein guter Mensch. Sie war sehr hilfsbereit, kreativ, hat sich im kleinen Kreis für viele Dinge engagiert. Sie hatte viel Humor und war eine richtige Ulknudel. Sie hatte ein Lachen, dass einem das Herz aufgehen musste, und war ein sehr emotionaler Mensch. Menschen, die mich gut kennen, werden jetzt sagen, dass ich meiner Mutter ähnlich bin, und diese Menschen haben recht. In gewisser Weise bin ich ihr ähnlich, aber auch ganz anders als sie. Im Gegensatz zu ihr habe ich irgendwann angefangen, auf meine innere Stimme zu hören, zu fühlen, was mir guttut und was nicht. Das ist ihr zu Lebzeiten leider nicht gelungen.

Einsicht

Meine Ärztin sagt: »Ihre Mutter war keine *so* gute Mutter, sonst hätte sie Sie als Kind nicht so überfordert.« Als ich diesen Satz höre, will ich sofort gehen.

Doch alles im Leben hat zwei Seiten. Bisher kenne ich nur meine Sicht auf meine Mutter. Es ist die Sicht eines kleinen Mädchens. Ich muss lernen, dass auch meine Mutter, die ich so sehr liebte, Fehler gemacht hat. Sie stand für mich immer auf einem unantastbaren Sockel. Das tat ich immer mit Menschen, die ich liebte und verehrte, ich stellte sie auf einen Sockel, wie ein Denkmal. Nur zum Abstauben wurde sie heruntergenommen. Damit stellte ich sie weit über meine eigene Person. Sie waren besondere Menschen und ich – eben ich, da unten. Meine Schwester ist ein knappes Jahr älter als ich und geistig behindert. Es lässt sich nicht mehr nachvollziehen, was geschehen ist. Sie bekam bei einer Mittelohrentzündung eine Impfung. Irgendetwas ist dann wohl aufs Gehirn geschlagen und hat zu einer Behinderung geführt. Fakt ist, dass sie heute mit 42 Jahren den geistigen Stand eines vierjährigen Kindes hat. Als Kind war sie dauernd krank und meine Mutter hat sich dadurch nur mit ihr befassen können. Mein Bruder war der Älteste im Bunde und ich war die Jüngste.

Bereits meine Taufe war nicht ganz normal. Dem katholischen Pastor gefiel mein Name nicht. »Sandra. Was ist das denn für ein Name? Nicht kirchlich genug!«, sagte er. Ich bin nicht im Mittelalter geboren, wie es nach der Schilderung anzunehmen wäre. Im Jahre 1969 habe ich das Licht der Welt erblickt. Der Pastor ließ sich schließlich die Vornamen aller Frauen bei meiner Taufe geben und zu guter Letzt den Namen meiner Mutter. »Doris. Auch nicht kirchlich genug«, sagte er und beschloss kurzerhand, dass Dorothea halbwegs angemessen sei und taufte mich auf den Namen Sandra-Dorothea.

Heute bin ich froh, dass ihm der Name meiner Patentante nicht zusagte und sich aus Elfriede nichts wirklich Sinnvolles zaubern ließ.

Es werden meines Erachtens viele wichtige Dinge in der katholischen Kirche verboten, und andererseits wird toleriert, dass trotz Zölibat Kinder in die Welt gesetzt und junge Schüler in Klöstern vergewaltigt werden. Wo ist der Sinn?

Egal, nun gehörte ich dieser Glaubensgemeinschaft an und war würdig zu leben. Die katholische Kirche mit ihren Ansichten ist in meinen Augen eine völlig veraltete Glaubensform, sie passt nicht in die heutige Zeit. Deshalb bin ich später als Erwachsene konvertiert und habe den Katholiken den Rücken gekehrt.

Wenn ich so zurückblicke, hatte ich als Kind nur ganz selten das Gefühl, dass mir etwas fehlt. Doch wenn ich es gespürt habe, tat es meistens richtig weh. Als Kind habe ich viel geweint und war oft verzweifelt. Ich bildete mir ein, gar keinen Grund hierfür zu haben, und flüchtete in meine Traumwelt. Da ich niemanden »belasten« konnte, machte ich alles mit mir und meinen Gedanken, meinen Tränen und meinen Ängsten aus. Es gab genug glückliche, hübsche Mädchen. Ich wünschte mir, dass ich mit ihnen tauschen dürfte. Stellte mir ein Leben ohne Sorgen, mit einer schönen, großen, aufgeräumten, hellen Wohnung vor. Dann ging es irgendwann wieder. Leider wachte ich immer wieder aus meinen Träumen auf.

Unterbringung

Meine Schwester war ein sogenanntes Sorgenkind. In den 70ern der Ausdruck für Menschen mit Behinderung. Ich stand komplett im Schatten meiner Schwester und mein Bruder im Schatten seiner beiden Schwestern. Meine Schwester war eigentlich immer krank. Sie litt fast monatlich an Mittelohrentzündungen, war taubstumm und musste schwere Operationen an den Ohren über sich ergehen lassen. Erst viel später wurde festgestellt, dass sie durch diese bereits erwähnte Impfung die Behinderungen bekommen hatte. Sie wurde im Krankenhaus auf der anderen Rheinseite operiert. Wir wohnten in Homberg, und Huckingen war knappe 12 km von uns entfernt. Für uns eine halbe Weltreise. Weil meine Eltern kein Auto hatten, mussten sie mit den öffentlichen Verkehrsmitteln zum Krankenhaus fahren. Mein Bruder war alt genug, dass er alleine zu Hause bleiben konnte. Mich meldeten sie in einer Kindertagesstätte an. Damals war ich drei Jahre alt, somit war ich ja gut »untergebracht«. So konnten meine Eltern sich in Ruhe um meine Schwester kümmern. Sie konnten sich nicht um uns drei gleichzeitig kümmern, deshalb kann ich ihnen auch keinen Vorwurf machen.

In einem Kindergarten, der mit dem Segen der katholischen Kirche, von einem Pastor und von Franziskanernonnen geführt wurde, sollte ich mich wohlfühlen. Zum Thema »Wohlfühlen«: Meine Mutter wollte, dass meine Schwester auch in diesen Kindergarten kommt. Jedoch hat dieser Kindergarten die Aufnahme eines behinderten Kindes abgelehnt. Aus diesem Grunde musste meine Schwester, als sie genesen war, in einen Kindergarten für Schwerbehinderte gehen. Ich denke, wenn sie in meinen Kindergarten gegangen wäre, hätte sie von den »gesunden« Kindern profitieren können!

14

Doch nun zurück zu meinen Nonnen. Es kam oft genug vor, dass meine Eltern mich nachmittags nicht abholen konnten, und dann nahmen mich die Nonnen mit ins Kloster. Dort wartete ich sehnsüchtig darauf, abgeholt zu werden. Mein Gott, ich war noch so klein! Ich kann mich sehr gut daran erinnern, dass dort alles erschreckend ruhig war. Das gefiel mir nicht.

Aus Nächstenliebe befassten sich die Nonnen mit mir, geschadet hat es mir nicht. Sie hatten Zeit für mich und haben mit mir nach getaner Arbeit Mikado gespielt. Ein Geduldspiel, als hätten sie geahnt, was für ein Wirbelwind aus mir werden würde und dass ich einmal eine völlig ungeduldige Person sein würde. Diese Zeit ist ebenfalls in meiner Erinnerung sehr verblasst. Ich kann mich dunkel daran erinnern, dass diese Nonnen einen kleinen Hof hatten. Auf einer Wiese stand ein braunes Plastikrehkitz. Es hatte kugelrunde, dunkelbraune Augen. Obwohl es einfach nur zur Zierde im Blumenbeet stand, habe ich mit dem kleinen einsamen Reh gespielt. Scheinbar waren wir uns sehr ähnlich. Das Reh war mutterseelenallein und ich auch. Im Kindergarten war es den Umständen entsprechend in Ordnung. Nur habe ich mich sehr alleine und verlassen gefühlt. Mit knappen drei Jahren braucht man seine Eltern genauso sehr wie Essen und Trinken. Aus dem Gefühl meiner Einsamkeit entstand dann wohl auch meine Fantasie. Im Kindergarten gab es handgemachte Waldorfpuppen. Mein sehnlichster Wunsch war es, so eine Puppe zu besitzen. Es war leider nicht möglich, weil diese Puppen schon damals sehr teuer waren. Erst als Erwachsene sollte ich mir diesen Wunsch erfüllen können. In einem speziellen Kurs würde ich lernen, solche Puppen zu erschaffen. Die Liebe zu den Puppen habe ich mir bis heute bewahrt.

Krankheit I

Mein Vater wurde mit 37 Jahren schwer krank. Da ich mich an nichts mehr erinnern kann, denke ich mal, dass meine Mutter es einfach von uns Kleinen ferngehalten hat. Zwei Jahre später, 1974, am 18.10., 13 Tage vor meinem Geburtstag, ist mein Vater dann mit knapp 39 Jahren an Darmkrebs verstorben. Meine Mutter war mit 35 Jahren Witwe und nun alleine mit drei Kindern. Wir waren gerade mal vier, fünf und zwölf Jahre alt.

Für mich ist mein Vater leider nur ein Mann auf einem Foto, neben meiner Mutter. Somit habe ich – glaube ich – meinen Vater auch nicht vermisst!? Er war, solange er gesund war, Ordner beim MSV. Mein Bruder ist öfter mit ihm ins Stadion gegangen. Wenn ich mich richtig erinnere, hat der MSV uns Kindern einige Spielsachen gestiftet, weil es beim Meidericher Sportverein bis zur Chefetage durchgedrungen war, was für eine arme Familie wir waren. Wir Kinder haben uns gefreut, über die Umstände haben wir uns keine Gedanken gemacht. Materielle Dinge gegen seelische Schmerzen. Es schien zu funktionieren.

Jedoch muss ich heute sagen, dass es eine sehr noble Geste vom MSV war. Danke an dieser Stelle, auch wenn sich vermutlich heute niemand mehr daran erinnert.

Wir mussten uns an die Bezeichnung »arme Familie« gewöhnen, auch daran, dass man hinter unserem Rücken sprach und uns niemand in die Augen sehen konnte. Elend zieht nicht gerade Freunde an und so hatten wir – außer uns – nichts. Unsere Wohnung war mehr als renovierungsbedürftig, alles war irgendwie schäbig, abgelebt und abgenutzt. Meine Mutter brachte uns mehr schlecht als recht über die Runden. Mit 800,00 DM Rente, inklusive unserer Waisenrente, war das eigentlich unmöglich. Unmöglich war auch unser Leben. Von der Hand in den Mund, vorne und hinten, nirgends reichte das Geld. Es fehlte an allen Enden.

Almosen

In unserem Stadtteil wohnte eine Frau, deren Tochter in unserem Alter war. Diese Frau hatte so viel Mitleid mit uns, dass wir von ihr ab und zu Kleidung geschenkt bekamen. Meine Mutter war glücklich, dass wir Sachen hatten. Mir war es immer sehr, sehr unangenehm. Genauso unangenehm war es mir auch, einmal im Monat zum Postschalter zu gehen, um nachzufragen, ob die Rente vielleicht schon auf dem Konto wäre. Knapp eine Woche vor Monatsende, damit wir Lebensmittel einkaufen konnten. Mit jedem Loch, das meine Mutter stopfte, entstand ein neues an einer anderer Stelle. Es hat mich erniedrigt und ich habe mich elendig gefühlt. Der abwertende Blick des Postbeamten, der dann sagte: »Einen Moment, ich rufe mal im Postamt Essen an«, war mir peinlich. Am liebsten wäre ich weggelaufen, wenn ich gewusst hätte, wohin. Hinter mir eine Schlange Menschen, die auch noch meinetwegen warten mussten.

Ich war immer froh, wenn diese Situation hinter mir lag, und kümmerte mich nicht weiter um mein Gefühl. Es war vorbei. Gott sei Dank, und so konnte ich mich wieder meiner Traumwelt hingeben. Bis zum nächsten Mal.

Ich träumte mir meine Welt schön, bunt, glücklich und unbeschwert. In bunten Bildern von Katalogen lebte ich meine Bedürfnisse aus, frei nach dem Motto: Neckermann macht's möglich. Ich dachte, wenn ich mal *ganz* reich bin, kaufe ich uns ein Haus, wo wir alle drin leben können. Alles schön eingerichtet und meine Mutter bräuchte nie wieder was machen. Sie würde ein schönes Schlafzimmer bekommen, mit rosa Vorhängen und einem großen Bett mit einer rosa Tagesdecke ... Bevor Sie fragen, mein Geschmack hat sich verbessert! Damals gab es für uns keine Möglichkeit, einfach mal das zu kaufen, wonach uns der Sinn stand. Noch nicht einmal das Nötigste konnten wir bezahlen. Wir Kinder bekamen kein Taschengeld und konnten somit nicht lernen, mit Geld umzugehen.

Schulzeit

Auch meine Einschulung existiert nur in einer dunklen Erinnerung. Meine Schultüte war rot, ich trug einen weißen Pulli und einen schwarzen Rüschenrock mit weißen Blumen. Das war es. Keine Geschenke, keine Einschulungsfeier, nichts. Völlig unspektakulär – früher war das so und bei uns erst recht. Nun war ich in der Schule und gefühlsmäßig einen halben Tag lang raus aus dem Elend. Jedoch sollte ich auch hier ganz schnell den Unterschied zwischen mir und den »normalen« Kindern spüren. Die anderen waren miteinander befreundet, trafen sich nach der Schule und ich durfte nur mit meiner Schwester im Schlepptau raus.

Mir ist klar, dass meine Mutter auch mal ein bisschen Ruhe haben wollte. Jedoch war ich ein kleines Kind, das auch mal Freiraum brauchte. Doch wenn ich meine Schwester nicht mitnahm, musste auch ich zu Hause bleiben, und von da-

18

her gab es nur wenige Kinder, die sich mit mir einließen. Manches Mal wurde mir dann auch gesagt, dass ich ruhig kommen könnte, aber meine blöde Schwester sollte bloß wegbleiben. Die verstünde ja nix und da hätten sie keine Lust drauf. Wahrhaftig war es so, dass man meiner Schwester alles mehrmals erklären musste. Durch ihre Schwierigkeiten mit den Ohren konnte sie sehr schlecht hören. Zwischendurch war sie sogar taub.

Meine Welt war also eine klitzekleine Welt. Ich spielte mit meiner Schwester unter unserem Balkon, dort war ein Geheimgang, am Küchenfenster vorbei bis zur vorderen Eingangstür. Wir spielten im Keller und im Fahrradkeller. Wir gingen auf den Spielplatz ganz in der Nähe und sehr oft auch zum Rhein, obwohl wir striktes Verbot hatten, dort hinzugehen. Wenn ich mal alleine gehen durfte, bin ich – was heute für mich völlig unvorstellbar ist – sogar ganz alleine an den Rhein gegangen. Dann habe ich mich an die Drahtseile gehängt. Manches Mal hing ich einen Meter hoch in der Luft. Einmal, als ich mal wieder kopfüber an den Seilen hing, war ich so hoch in der Luft, dass ich Angst bekam und mich fallen ließ. Dabei ist mein Turnschuh fliegen gegangen und landete vorne im Wasser. Wenn ich heute als Mutter darüber nachdenke, wird mir ganz anders. Ganz oft bin ich damals einfach allein irgendwohin gelaufen oder habe beim Einkaufen große Umwege gemacht, um alleine zu sein. Ich wollte einfach mal Ruhe genießen und bin dann nicht auf dem direkten Weg nach Hause.

Angst

Als ich acht Jahre alt war, wurde meine Mutter sehr krank. Sie bekam eine doppelseitige Lungenentzündung, eine Rippenfellentzündung und später auch noch Wasser in der Lunge. Weil sie uns Kinder nicht alleine lassen wollte, wurde sie zu Hause behandelt. Es ging ihr sehr schlecht. Sie war schon vorher sehr häufig traurig und hat viel geweint. Sie fühlte sich wohl einsam. Als Kind konnte und wollte ich das nicht verstehen. Sie hatte Geldsorgen und keine Perspektive, dass sich irgendetwas ändern würde. Ich bin Mutter von nur einem Kind und weiß, wie schön es sein kann, einfach mal nur Ruhe zu haben, keinen um sich herum zu haben. Meine Mutter musste immer für uns da sein, rund um die Uhr. Aus verschiedenen Gründen denke ich, dass ich ein sehr anhängliches und dadurch auch sehr anstrengendes Kind war.

Meine Mutter habe ich eigentlich nur krank in Erinnerung. Sie war krank, hatte Geldsorgen, Probleme mit dem Leben und mit uns. Ich versuchte alles zu tun, damit meine Mutter glücklich ist, besonders lieb und fleißig zu sein. Nie habe ich mich beschwert, dass ich Dinge machen musste, die andere Kinder nicht machen mussten. Alles versuchte ich, damit sie gesund wird und wieder lacht. Aber es nutzte nichts. Es hat mich sehr traurig gemacht, dass sie so viel weinte. Immer hatte ich das Gefühl, dass es einfach nicht genug war, was ich tat. Ich war verdammt alleine mit meinen Ängsten und Nöten, die mir dieses Leben schenkte. Schon sehr früh hatte ich Probleme mit Übelkeit und Magenschmerzen. Zu meinem Bruder hatte ich keinen besonders guten Kontakt. Er war sieben Jahre älter als ich, die Kluft zwischen uns war einfach sehr groß. Außerdem hatte er sich sowieso einen Bruder zum Fußballspielen gewünscht. Und zu mir als Kleinste kam auch noch meine behinderte Schwester, die immer im Vordergrund stand.

Irgendwann konnte meine Mutter gar nicht mehr nach draußen und sie beanspruchte mich stärker und ließ mich wichtige Dinge für sie erledigen, Arztgänge, Bankgeschäfte, ob ein Kredit vielleicht mal wieder verlängert werden konnte und Ähnliches. Mein Bruder ging mittlerweile arbeiten und fing an, uns mit zu ernähren. Das werde ich mir später als 34-jährige Frau von ihm vorwerfen lassen müssen.

Krankheit II

Die Erkrankungen meiner Mutter weiteten sich mit den Jahren aus. Wegen mangelnder Bewegung wurde sie sehr übergewichtig. Daraus resultierten Herzbeschwerden, Atembeschwerden und Schmerzen in der Wirbelsäule und den Beinen. Sie kam gar nicht mehr vor die Tür und musste sich bei den allerkleinsten Dingen helfen lassen, überwiegend von mir.

Auch ein Kind spürt für sich, was es möchte oder was es gar nicht möchte. Wenn es jedoch keine andere Wahl hat, als über seine persönlichen Grenzen zu gehen, bleibt ihm nichts anderes übrig, als diese Grenze zu ignorieren. Diese Grenzüberschreitungen würden mir als erwachsene Frau immer wieder Probleme bereiten. Da ich nie gelernt habe, mich in Ruhe zurückzulehnen, mal fünfe gerade sein zu lassen, würde ich später als Frau an meine körperlichen und seelischen Grenzen stoßen. Wie ein kleines Kind würde ich meine Grenzen kennenlernen müssen.

Es gab Dinge, die für meine Mutter einfach gemacht wer-

21

den mussten. Mein Bruder ging arbeiten, meine Schwester war krank, da blieb nur ich, und es gab keinen Platz für die eigenen Grenzen und Gefühle. Auch das Gefühl für die eigene Würde ging zuweilen verloren. Der Mutter beim Waschen und anderen Dingen helfen zu müssen, gehört sicher nicht zu den Aufgaben eines Kindes im Alter von zehn Jahren.

Wenn ich mein damaliges Verhalten heute als Erwachsene und Mutter betrachte, muss ich sagen: Ich war ein verdammt armes und tapferes Kind. Ich war überladen mit Ängsten, vor allen Dingen mit Verlust- und Zukunftsängsten. Ich hatte Angst vor Gewitter und davor, alleine zu bleiben. Angst, woanders zu übernachten – was selten genug vorkam, – und wenn, konnte ich nicht einschlafen. Aus Sorge, Angst oder was auch immer.

Enge

Manchmal beschleicht mich auch heute noch das Gefühl von damals. Es schnürt mir die Kehle zu und mir fällt das Atmen schwer. Selbst als Erwachsene muss ich mich immer wieder aus diesem Gefühlskarussell befreien. Wenn es mir gelingt, bin ich einfach froh, dass es nur das Gefühl aus der Vergangenheit ist. Ein Gefühl der Enge und der Angst. Es erinnert mich noch heute an meine Kindheit. Besonders leidgetan hat es mir immer, wenn meine Tochter mich festhielt, um mich zu umarmen. Ich musste mich losreißen, weil in mir das Gefühl der Panik hochkam. Vor allem, was mich einengt, geistig oder körperlich, befreie ich mich über kurz oder lang. Ähnlich ist es, wenn ich im Bett liege. Ich kann es nicht ertragen, wenn mir jemand zu nahe rückt. Sei es versehentlich oder weil da einfach jemand Nähe sucht. Im Schlaf bin ich nicht ganz so diplomatisch und lasse dann schon mal eher schroff meinem Unmut freien Lauf. Für mich leite ich das heute so ab: Weil ich nie in Ruhe schlafen konnte, ist es mir heute umso wichtiger, in Ruhe durchschlafen zu können. Meinem Mann möchte ich an dieser Stelle für das Verständnis danken, wenn mich das Gefühl der Enge in mein Schneckenhaus treibt. Es scheint mir heute unerklärlich, wie ich das alles schaffen konnte.

Pflichten

Mein Tagesablauf war durchstrukturiert wie der eines Erwachsenen. Ich ging zur Schule – mehr nebenbei – und hoffte immer, dass mit meiner Mutter alles in Ordnung wäre, wenn ich nach Hause kam. Hausaufgaben machen, einkaufen, aufräumen, Erledigungen für meine Mutter machen, vielleicht noch den Nachbarn helfen, damit ich ein paar Mark verdienen konnte, ab ins Bett. Für mich waren so viele Dinge selbstverständlich, weil sie einfach gemacht werden mussten. Ich konnte kein Gespür dafür entwickeln, was gut für mich ist, und vor allen Dingen, was nicht gut ist für mich. Einige Dinge haben heute für mich einen ganz anderen Stellenwert als für andere Menschen. Beispiel gefällig? Es mag völlig abstrus sein, aber heute ist es mir sehr wichtig, dass meine Wäsche »frisch gewaschen« riecht. Irgendwann hatte ich auch die Wäsche übernommen, natürlich mit entsprechendem Ergebnis: falsch dosiertes Waschmittel, kein oder zu wenig Weichspüler, eine völlig überladene Waschmaschine, die Wäsche zu heiß oder zu kalt gewaschen. Es gab keine Möglichkeit, die Wäsche richtig zu trocknen und von daher trocknete ich sie auf der Heizung. Dies war sehr schön daran zu erkennen, dass sich die Rippen der Heizung auf den Kleidungsstücken abzeichneten.

Da wir keine Bauknecht-weiß-was-Frauen-wünschen-Maschine hatten, sondern irgendein Ding, das in regelmäßigem Turnus den Geist aufgab oder alternativ auslief, wusch ich die Wäsche dann zwischendurch auch ganz klassisch in der Badewanne. Die Einstieghilfe der Badewanne diente mir zum Auswringen, bis kein Tropfen Wasser mehr im Kleidungsstück war. Und dann kam alles auf die Heizung. Kurzum, als Kind schnüffelte ich Menschen gerne nach, die einfach nur nach frischer Wäsche dufteten. Ich fürchte, dass ich daher auch ein besonderes Faible für gut riechende Dinge und Menschen habe. Es gibt für mich nichts Schöneres als gut riechende, frische Wäsche, am besten an der frischen Luft getrocknet, ein duftendes Parfüm, Bad, Körperöl, eine schöne Duftkerze oder einen gut riechenden Mann. Bevor Sie nun aber in die falsche Richtung denken: Auch als Mutter und Ehefrau bin ich den schönen Dingen nicht abgeneigt. Wenn ein Mann nach einem Duftwässerchen riecht, das mir gefällt, schaue ich gern hinterher, ob der Rest genauso gut ist. Frau muss sich doch auch mal was »jönne könne«.

Entbehrung

Das Leben forderte mich heraus und ich fügte mich. Anders kannte ich es nicht und anders ging es damals nicht. Es gab zwar Verwandte – aber meine Mutter war zu stolz. Was in unserer Situation völlig fehl am Platze war. Sie nahm keine Hilfe an. Aus heutiger Sicht war es uns gegenüber unverantwortlich. Die Pflegeversicherung ist für mich – trotz der Kosten, die sie verursacht – eine der wichtigsten Leistungen gesetzlicher Krankenkassen. Für die Angehörigen eines Langzeit-Erkrankten ist die Pflegeversicherung eine absolute Erleichterung. Ich würde nie einen Menschen dafür verurteilen, dass er seinen Angehörigen in einem Pflegeheim unterbringt. Nie! Denn was die Angehörigen am Krankenbett leisten und ertragen müssen, geht viel zu häufig an ihre physischen und psychischen Grenzen. Jemanden in den Tod zu begleiten, hinterlässt ganz, ganz viele seelische Schmerzen.

Im Laufe meines Lebens sollte ich noch des Öfteren vor dem großem Problem stehen, einen geliebten Menschen leiden zu sehen! Meine Mutter war bettlägerig und konnte nie zu Elternabenden oder Elternsprechtagen kommen. Genauso wie sie nicht zu Schulveranstaltungen kommen konnte. Einsam und alleine ging ich zu den Veranstaltungen. Auch darunter habe ich sehr gelitten. Mit meinen Lehrern hielt meine Mutter telefonischen Kontakt. Die Lehrer spürten wohl, dass irgendwas mit mir nicht stimmt. Eigentlich möchte ich gar nicht wissen, was sie über mich dachten. Eines Tages holte mich eine Lehrerin aus der Klasse – an sich schon peinlich genug – und fragte mich, ob meine Fehlstunden davon kämen, dass ich im Haushalt helfen müsste, und ob ich zu Hause Probleme hätte. Eigentlich kamen sie davon, dass ich nachts oft wach war wegen meiner Mutter und morgens einfach fertig. Meine Mutter erlaubte mir dann, quasi als Belohung, die Schule zu schwänzen. Meine Mutter hatte mich gebeten, wenn mich jemand auf unsere Lage ansprach, nicht zu sagen, wie schlimm es ist. Ich sollte sagen, dass es uns gut geht, weil wir ansonsten in ein Heim müssten. Und das war meine allergrößte Angst, meine Mutter zu verlieren. Heute sage ich natürlich, dass diese Lüge Wahnsinn war. Aber ein Kind, das mit Ängsten und Nöten überladen ist, kann es nicht besser wissen. Im Rückblick ist es immer einfach. Wenn es genutzt hätte, hätte ich das Blaue vom Himmel gelogen, nur um meine scheinbar kleine heile Welt zu retten.

Chancenlos

Dieses Gespräch mit der Lehrerin war damals die einzige Chance gewesen, jemandem zu sagen, wie es in mir aussah. Danach sollte mir nie wieder jemand seine Hilfe anbieten. Ich ließ diese Gelegenheit verstreichen. Aber es ging mir damals gut mit dieser Entscheidung.

Irgendwann kam ich dann ganz nebenbei in die Pubertät. Die damit verbundenen Auseinandersetzungen mit meiner Mutter blieben aus. Meine Mutter war krank. Sie durfte sich nicht aufregen, und von daher fehlt mir schon eine ganze Menge: Grenzen setzen, ausprobieren, Grenzen gesetzt bekommen. Wenn ich meine Tochter sehe, die jetzt genau in diesem Alter ist, weiß ich, dass Reibungen auch zu einem gesunden Selbstwertgefühl beitragen können.

Ich fügte mich meinem Schicksal so bewundernswert, dass ich heute manchmal den Hut vor mir ziehen möchte – manchmal ziehe ich ihn auch. Mit 13 Jahren verliebte ich mich unsterblich in meinen Religionslehrer, und das war in den 80ern etwas anderes als heute. Die Kolleginnen, die heute mit mir in die Frühstückspause gehen, kennen diese Geschichte und lachen darüber, wie verrückt ich damals war. Er hatte dunkelbraune Haare, hellblaue Augen, einen absolut durchtrainierten Körper, was eigentlich egal war, und war meines Erachtens solo. Doch ich befürchte, das hatte Gründe, dahinter sollte ich aber erst als erwachsene Frau kommen. Er hatte einen Boxer und wohnte ganz in meiner Nähe. Wenn ich nun sage, unsterblich verliebt, dann meine ich das auch. An die heutige Jugend: Wir hatten Achtung vor unseren Lehrern. Aus der Ferne haben wir das Objekt unserer Begierde angeschmachtet. Lehrer waren für uns Respektspersonen und ein »Anmachen« hätte es für unsere Generation nicht gegeben. Ich bin also einfach vor Sehnsucht gestorben und der Lehrer konnte nur durch meine rege Teilnahme am Unterricht erahnen, dass ich verliebt in ihn war. Von dem Tag an, als er mein Lehrer wurde, stand ich natürlich »sehr gut« in Religion, »sehr gut« in Geschichte und meldete mich – obwohl ich es mir zeitlich gar nicht leisten konnte – in seiner Theater-AG an. Nur um in seiner Nähe zu sein. Für ein 13- bis 14-jähriges Mädchen habe ich ihn wohl geliebt. Ich wollte auf ihn warten, bis ich aus der Schule war; Schüler und Lehrer, das ging natürlich gar nicht. Es waren ja nur noch drei Jahre Schule und wahre Liebe hält das schon aus! Uns trennten knappe 25 Jahre, aber auch das war mir egal. Ich wollte keinen Jungen in meinem Alter. Die waren damals viel zu albern. Einen richtigen Mann, der mich in den Arm nimmt, mich beschützt und immer für mich da ist, das wollte ich. Mit dem ich reden kann und der mich liebt und auf Händen trägt. Heute bin ich Ende 30. Ja, ich weiß, dass ich soeben den Prinzen auf dem weißen Pferd beschrieben habe. Ebenso weiß ich, dass ich ein völlig naives und romantisches Mädchen war und mir die Welt schönträumte. Doch es ging mir gut in meiner kleinen romantischen Welt.

Eines Tages kam ich dann durch »Zufall« an seinem Garten vorbei. Da war er, mein Traummann. Er war in seinem Garten mit seinem Hund und mähte den Rasen. Er trug eine hellblaue enge Jeans und oben gar nichts. Ich bin fast gestorben vor Sehnsucht!

Es war mir möglich, mich hinter einem Busch zu verstecken, um ihn möglichst lange zu beobachten. Irgendwann war er fertig und ging. Ich war auch fertig, aber anders. Wie auf Wolke sieben lief ich nach Hause und war erst einmal von allem, was mich belastete, abgelenkt. Eine verdammt unruhige Nacht lag vor mir. In meiner Fantasie malte ich mir aus, wie er eines Tages vor mir steht und mich küsst. Tag und Nacht träumte ich von ihm. Meine Klassenkameradinnen machten sich mittlerweile schon lustig über mich. Aber: wahre Liebe ... na, Sie wissen schon.

Als ich 15 wurde, ging ich zum ersten Mal in eine Disco. Eine Klassenkameradin nahm mich mit. Sie war bereits seit einem halben Jahre mit einem Freund zusammen und wollte mich von meinem Religionslehrer ablenken. Es war für mich eine völlig neue Situation in der Disco. Die Atmosphäre, das scheinbar Unbeschwerte, die Musik. Ich liebe Musik! Musik ist für mich ein Gefühlsträger, sie verschafft mir Entspannung und sie lenkt mich ab. Musik war und ist mein ständiger Begleiter. Sobald ich ein Lied aus einer schönen Zeit höre, bin ich gedanklich sofort wieder dort. Doch zurück zur Disco, all die Lichter, und ich mittendrin. Nicht ahnend, wie mir geschieht, stand ich dann irgendwann auf der Tanzfläche und bewegte mich zur Musik. Zum allerersten Mal in meinem Leben fühlte ich mich frei. Die Musik, mein Gefühl und ich – ich liebte es.

Wie es sich für coole Mädchen gehörte, wurde in der Clique, der ich dann endlich angehörte, geraucht. Bis dato war ich alles, aber garantiert nicht cool, und ohne Selbstbewusstsein lässt man sich von allem und jedem beeindrucken. Ich hätte damals alles getan, um zu den »anderen« zu gehören.

Freiheit

Die ersten Wochenenden vergingen, meiner Mutter ging es relativ gut, so dass ich mit den »anderen« in die Disco konnte. Irgendwoher kratzte meine Mutter 5,00 DM zusammen, damit ich mir was zu trinken holen konnte. Seit Jahren erledigte ich bereits für einige Nachbarn kleinere Arbeiten. So konnte ich mir zu meinem nicht vorhandenen Taschengeld etwas dazuverdienen. Die ersten Berührungen mit den Dingen, die mich damals noch nicht interessiert hatten, gingen in der Disco ganz automatisch. Damals war es nicht weit her mit dem Jugendschutz. Es waren die 80er, Nena, Michael Jackson, BAP, NDW und ich mittendrin. Die Kultgetränke hießen Amaretto, Pernot Cola und Batida de Coco. Zigaretten wurden von dem geschnorrt, der gerade welche hatte. Der Rausch des Alkohols, der Zigaretten, der Musik und des Tanzens entrissen mich für kurze Zeit dem Alltag. Ich fühlte mich frei, keine Sorgen, keine Ängste, keine Nöte. Für einige Stunden – einfach nur ich sein. Gerade 15 Jahre jung, und es fühlte sich so gut an, und ich wünschte mir, dass dieses Gefühl nie vergeht. Meine Freunde versuchten in dieser Zeit, mich mit allen Mitteln von meiner innigen Liebe zu dem Lehrer abzulenken. Reihenweise haben sie mir Jungs angeschleppt, doch mein Herz war – so schien es – für immer und ewig vergeben. Ein Junge sah sogar diesem Lehrer ähnlich. Für mich jedoch war er nur ein Jüngelchen. Er konnte mein Herz nicht erobern. Mein Herz gehörte ihm, dem richtigen Mann. Wahre Liebe ... ja, Sie wissen schon!

Eines Tages fing der DJ der Disco an, mich anzuhimmeln. Das war das erste Mal, dass sich ein Mann für mich interessierte. Er spielte Musik nur für mich – so glaubte ich –, und es tat mir gut. Ein Gefühl, was mir völlig fremd war, füllte mich aus. Jede Emotion, die in mir hochkam, tat so gut. Die Musik schien meine Gefühle zu erfassen. Wenn ich tanzte, fühlte ich mich frei und schwerelos wie ein Engel. Ich war in einem Karussell der Gefühle unterwegs. Als dieser DJ die Lieder nur für mich spielte, mir Drinks und Zigaretten spendierte, fühlte ich mich so gut wie nie zuvor. Der DJ hätte jede haben können und ich war seine Auserwählte. Wenn das Lied »Dancing Queen« heute irgendwo spielt, denke ich automatisch an dieses Gefühl, das ich damals hatte. Damals war es gut so, wie es war. An diesen Mann verlor ich meine Unschuld. Ein Mädchen voller Emotionen und Sehnsüchte, jung und unschuldig. Ich kann mich sehr gut erinnern, dass es mir eigentlich nur auf das Gefühl ankam, jemanden an meiner Seite zu haben, der mich mal in den Arm nimmt, der mich beschützt. Ob es Liebe war, kann ich nicht sagen, das mit dem Sex gehörte dazu. Die Mädchen in meiner Clique erzählten, dass es schön ist, ich konnte das für mich gar nicht so sagen. Mir schien immer, dass wir von unterschiedlichen Dingen sprachen.

An einem Freitagabend kam ich dann um 22.00 Uhr nach Hause, gut gelaunt, bester Dinge. Mein Bruder erwartete mich und war ziemlich wütend. Ich wunderte mich, warum er bereits zu Hause war, und noch ehe ich einen klaren Gedanken fassen konnte, schrie er mich an und schubste mich in die Wohnung. Meiner Mutter ging es sehr schlecht, während ich in der Disco war. Sie hatte einen Herzanfall erlitten, ich hatte es mir gut gehen lassen und meine Schwester konnte keinen Arzt anrufen. Mit letzter Kraft konnte meine Mutter meinen Bruder erreichen. Er rief sofort den Notarzt und musste meinetwegen seinen Arbeitsplatz verlassen und nach Hause kommen.

Mir wurde schlecht. Mein Herz fühlte sich an, als würde es zerquetscht. Ich fühlte mich so schlecht. Das würde ich mir nicht verzeihen können. In mir war eine unheimliche Angst, Wut und Sorge. Schnell lief ich zu meiner Mutter, kniete mich auf den Boden neben die Couch, auf der sie lag, und nahm ihre Hand. Sie atmete ruhig. Die Medikamente hatte sie noch rechtzeitig bekommen. Kurz drückte sie meine Hand, als wollte sie mir sagen, dass alles gut wird. Ich bekam schwer Luft. Mein Herz tat weh, mein Magen fühlte sich an, als würde er sich umdrehen wollen. In meinem Kopf dröhnte der Satz: Du bist schuld!

Den Rest der Nacht blieb ich an ihrer Seite, weinte und betete zu Gott, dass er sie bitte immer beschützen möge. Irgendwann schlief ich neben meiner geliebten Mutter auf dem Boden kniend ein.

Nie wieder bin ich in die Disco gegangen. Meine Mutter habe ich von diesem Tag an nur noch selten alleine gelassen. Die Angst, dass ihr etwas passieren könnte, verfolgte mich von diesem Moment an und ließ mich unter Strom stehen. Wenn ich aus der Schule kam, betete ich bereits an der Eingangstür darum, dass es ihr gut ging. Jedes Mal die gleiche Situation: Tür auf, Stoßgebet, ein Blick ins Wohnzimmer, und wenn sie saß, konnte ich durchatmen. Lag sie jedoch, so dass ich ihr Gesicht nicht sehen konnte, bin ich erst einmal zu ihr und habe nachgeschaut, ob sie atmete. Sobald ihre Lippen blau wurden, musste ich sie wecken, weil ihr Körper nicht mit ausreichend Sauerstoff versorgt wurde. Oft war es so, dass sie im Sitzen einschlief. Manchmal fantasierte sie, weinte und war fast bewusstlos. Wenn ihr Zustand so war, musste ich besonders auf sie achtgeben. Es lagen nur wenige Minuten zwischen diesem Zustand und einem drohenden Herzanfall. Gott sei Dank wusste ich selbst als junges Mädchen von 16 Jahren, was ich machen musste.

Krankenhaus

Meine Mutter wurde immer mehr zum Mittelpunkt meines Lebens. Es ging ihr zwischendurch so schlecht, dass sie trotz aller Gegenwehr ins Krankenhaus kam. Ihre Herzerkrankung wurde immer schlimmer. Sie hatte für ihr Alter eine schwere Herzerkrankung. Im Krankenhaus bekam sie ein Medikament, das Nitrolingual hieß. Mir wurde erklärt, wie ich das Medikament verabreichen könnte, wenn meine Mutter nicht mehr ansprechbar ist. Unglaublich, dass das Leben meiner Mutter manchmal von mir und einer kleinen roten Flasche mit weißem Deckel abhing.

Im Mai 1986 schlug dann wieder das Schicksal zu. Mein Bruder wurde vor unserer Haustür von einem Auto angefahren. Nur so viel zum Hergang: Er stand hinter seinem Wagen auf dem Parkstreifen und nach dem Unfall lag er zirka sechs Meter vor seinem Wagen. Ich war auf dem Balkon und hörte ein unmögliches Geräusch, doch konnte ich nicht ahnen, dass mein Bruder verunglückt war. Es schellte an der Tür und unsere Nachbarin sagte nur: »Euer Junge liegt da draußen!«

Meine Mutter bekam einen Schreikrampf. Sie schrie und weinte. Ich wusste gar nicht, was ich als Erstes machen sollte. Obwohl sie bitterlich weinte, musste ich nach meinem Bruder gucken. Flehend bat ich sie, sich nicht aufzuregen. »Ich werde mich um alles kümmern!«, sagte ich immer wieder, mit meinen 16 Jahren. Meine Schwester wusste gar nicht, was los ist, und ich sagte ihr, dass alles wieder gut würde. Auf nackten Füßen rannte ich die Treppe hoch und lief zu meinem Bruder. Er lag einige Meter vor seinem Auto, kreidebleich, sein Bein war völlig verdreht, abgewinkelt, er blutete an den Händen und am Bein, konnte kaum reden und sagte nur: »Kümmere dich um Mama!« Ich stand mit meinen Füßen in Splittern, Blut und Tränen, nichts von alledem konnte mir irgendetwas anhaben. Ich musste und würde mich um alles kümmern. Also rannte ich wieder zu meiner Mutter in die Wohnung. Sie weinte und schrie: »Nicht noch ein Kind, nicht noch ein Kind! Warum tut mir das der liebe Gott an?« Sie schrie nur noch, und es gelang mir nicht, sie zu beruhigen. Meine Schwester weinte, in diesem Moment flehte ich den lieben Gott an, mir beizustehen und mir Kraft zu geben. Ich wusste nicht, wem ich als Erstes helfen sollte. Ich versuchte meine Mutter zu beruhigen, gab ihr das Herzmittel. Für meinen Bruder rief ich einen Rettungswagen. Meiner Schwester sagte ich, dass sie auf Mama aufpassen müsse. Ich würde mich um unseren Bruder kümmern.

Irgendwie gelang es mir, Ruhe zu bewahren, die ich auf meine Schwester übertragen konnte. Mittlerweile war ein Mann bei meinem Bruder und er legte ihm eine Jacke unter den Kopf. Ich hörte Sirenen, sah aus dem Augenwinkel Krankenwagen, Polizei und Menschen, die um uns herumstanden. Alles lief an mir vorbei, als würde ich einen Film gucken. Es war so unecht und ich funktionierte einfach nur. Endlich waren Ärzte da, die sich um meinen Bruder kümmerten. Einem der Ärzte sagte ich, dass mein Bruder aus dem Ohr blutet. Keiner sprach mit mir. Ich fragte, ob das schlimm sei. Aber mir antwortete einfach niemand. Ich wollte nur hören, dass alles in Ordnung sei, alles gut würde. Wieder einmal hatte ich nur Gott, den ich um Beistand bitten konnte.

Als sich dann einer der Ärzte endlich um den Kopf meines Bruders kümmerte, wurde alles nur noch hektischer. »Christoph 9 anfordern«, sagte einer der Ärzte. Ein anderer fragte einen Helfer, wo hier ein Hubschrauber landen könne. Mich nahm niemand zur Kenntnis, als wäre ich Luft. Ich schaute zu, wie diese Menschen darüber sprachen, was mit meinem Bruder passiert. »Unten im Park …«, sagte wieder ein anderer Helfer. Wie bei einem Tennisspiel beobachtete ich diese Männer, die sich die Worte an den Kopf warfen wie Tennisbälle. In meinem Kopf lief alles ab wie in Zeitlupe. Ich brauchte eine Ewigkeit, bis ich einen Satz sagen konnte. »Was ist mit meinem Bruder, wo bringen Sie ihn hin?«

Scheinbar waren sich die Ärzte noch nicht ganz klar, wohin. Zuerst sagten sie etwas von einer Unfallklinik, und dann sagten sie etwas von den städtischen Kliniken.

Dieses Wissen reichte mir, so dass ich wieder zu meiner Mutter ins Haus rannte. Sie ließ sich einfach nicht beruhigen und war einem Nervenzusammenbruch nahe. Leider musste ich das schon ein paar Mal miterleben, dass sie geschüttelt von Verzweiflung und Hilflosigkeit so starke Weinkrämpfe hatte, dass man sie weder ansprechen noch beruhigen konnte. Ich gab ihr eine Beruhigungstablette. Der Hausarzt meiner Mutter hatte mir gezeigt, wie man die Tabletten dosieren muss. Ganz dunkel kann ich mich erinnern, da war ich aber noch verdammt klein, dass dieser Arzt auch mal mitten in der Nacht bei uns zu Hause war. Genau weiß ich nicht mehr, um was es ging. Aber ich kann mich erinnern, dass irgendwann der Satz fiel, dass sie sich umbringen wollte. Dem war ein fürchterlicher Streit innerhalb der Familie und ein solcher Weinkrampf vorangegangen. Bis gerade in dieser Sekunde war mir das entfallen. Beim Schreiben blitzte diese Erinnerung wieder auf. Ein schreckliches Gefühl.

Zurück zum Tag des Unfalls, ich lief wieder raus zu den Notärzten, die meinen Bruder bereits transportfähig gemacht hatten. Er war nun in guten Händen, also konnte ich mich um meine Mutter kümmern. Noch immer nahm von mir kein

34

Mensch Notiz – ganz so, als wäre ich unsichtbar. Da ich heute Ersthelferin bin, weiß ich, dass die Hilfekette nach Dringlichkeit geht. Deshalb empfinde ich es auch nicht mehr als schlimm. Die Männer haben ihren Job gemacht, und das sehr gut.

Gezielt sprach ich dann einen der Ärzte an: »Bitte, helfen Sie mir, meine Mutter ist herzkrank, gucken Sie nach meiner Mutter. Sie schreit nur noch und ist nicht mehr ansprechbar.« Der Arzt folgte mir in die Wohnung. Dumpf hörte ich das Rotieren des Hubschraubers. Das Geräusch eines landenden Hubschraubers bereitet mir noch heute eine Gänsehaut. Der Arzt gab meiner Mutter eine Herz- und Beruhigungsspritze. Danach wurde sie langsam ruhiger, so dass ich die weitere Vorgehensweise überlegen konnte. Meiner Schwester erzählte ich, dass unser Bruder einen Unfall hatte und er jetzt im Krankenhaus behandelt würde, damit es ihm schnell besser geht. Ich rief meine Cousine an, da sie die Einzige in der Familie war, die ein Auto hatte und mich zum Krankenhaus fahren konnte.

Nach viereinhalb Stunden Operation, die ich in der Wartezone des Krankenhauses verbrachte, wurde mein Bruder auf die Intensivstation gebracht. Der operierende Arzt wollte eigentlich einem 16-jährigen Mädchen nicht sagen, wie schlimm die Verletzungen meines Bruders waren. Es gab jedoch nur mich, und deshalb sagte er mir, wenn mein Bruder überleben würde, würde er nie wieder richtig gehen können. Er hatte schwere Verletzungen. Es war fürchterlich. Wie immer in Krisensituationen schaltete sich mein persönliches Notfallprogramm ein. Das ist alles nur ein Albtraum, bestimmt wachst du gleich auf und alles ist wieder gut, dachte ich immer wieder. Aber ich wurde nicht wach und nichts wurde gut. Das Leben war eine Katastrophe. Mein Leben war eine einzige Katastrophe.

Als der Arzt im Krankenhaus von mir erfuhr, dass meine Mutter schwer herzkrank ist, sagte er, dass ich ihr nur das Nötigste über die Verletzungen sagen sollte. Ich sollte meiner Mutter nicht sagen, wie schlecht es um meinen Bruder stünde. Ohne zu wissen, wie ich als 16-jähriges Mädchen mit diesem Druck klarkommen sollte, gab ich ihm mein Versprechen.

Nach endlosen Stunden zu Hause angekommen, sagte ich meiner Mutter, dass mein Bruder einen schlimmen Beinbruch erlitten habe sowie mehrere Verletzungen auf der rechten Seite. Ich war müde, ausgebrannt, leer und verzweifelt. Wenn ich Kraft gehabt hätte, hätte ich ein Zwiegespräch mit Gott begonnen. Aber das hatte Zeit, bis ich ein bisschen geschlafen hatte. Hoffentlich passiert diese Nacht nichts mit Mama, dachte ich noch, bevor ich einschlief. Es war der letzte Gedanke für diesen Tag.

Jeden Tag fuhr ich von Homberg mit dem Bus nach Wedau in die Klinik, in der mein Bruder lag. Für eine Strecke benötigte ich mit den öffentlichen Verkehrsmitteln knappe eineinhalb Stunden. Meinem Bruder ging es so schlecht, dass zwischendurch sogar seine Nieren versagten. Im Krankenhaus roch es nach Blut, Desinfektionsmittel und schleichendem Tod. Die Kleidung meines Bruders, die er zum Zeitpunkt des Unfalls getragen hatte, gab mir eine Krankenschwester. Er hatte seine Geldbörse immer an der Jeans befestigt, er war eben ein Countryfan und echter Trucker. Als ich in die Tüte mit der Kleidung schaute, stieg mir der Geruch von altem Blut in die Nase. Die Tüte war schwer, obwohl nur ein paar Teile in ihr lagen. Die Jeans war blutdurchtränkt, mir wurde schlecht. Als ich die Geldbörse meines Bruders in der Hand hielt, fiel mir auf, dass sie nicht mehr schwarz war, sondern dunkelrot. Das Geld, was mein Bruder im Portemonnaie ge-

36

habt hatte, war weg. 40,00 DM verschwunden, auf dem Weg von der Unfallstelle bis zur Intensivstation. Kurz dachte ich darüber nach, doch das war nicht das Schrecklichste. Was sollte ich nur mit den Sachen machen? Ich verschnürte den Beutel und versteckte ihn zu Hause, damit meine Mutter ihn nicht findet. Wenn sie das Blut meines Bruders gesehen hätte, wäre sie mir wieder zusammengebrochen. Davor musste ich sie schützen, und das tat ich auch. Und wenn es das Letzte wäre, was ich tat.

Mein Bruder machte auch nach mehreren Wochen nicht den Anschein, dass er überleben wollte. Als er zum ersten Mal von seinen Verletzungen hörte, war er völlig fassungs- und hoffnungslos. Ihm wurden knappe drei Monate Krankenhausaufenthalt zugesagt, und sein Körper wusste nicht, wo er anfangen sollte zu heilen. Er hatte keinen Mut, den Kampf aufzunehmen. Meiner Mutter ging es den Umständen entsprechend gut. Für sie war es das Schlimmste, das sie ihrem Sohn nicht beistehen konnte. Alle Kräfte, die ich noch hatte, gab ich meinem Bruder und meiner Mutter, die sich um unsere Schwester kümmerte. Mein Bruder war ein großer Fan eines deutschen Countrysängers. Meiner Mutter kam die Idee, ihn anzurufen. Vielleicht war es ihm möglich, meinem Bruder Lebensmut zuzusprechen. Irgendwie. Und er tat es. Das war Wahnsinn. Wenn ich mich richtig erinnere, hat er meinem Bruder eine CD geschickt und dazu einen persönlichen Brief geschrieben. Nie werde ich vergessen, wie sehr sich mein Bruder über diesen Brief und die CD gefreut hat. Dieser Sänger schaffte es, dass mein Bruder aus seinem Tief herauskam, und von diesem Tag an konnte man spüren, dass seine Lebensgeister zurückkehrten. Das war nicht selbstverständlich. Vielen Dank an dieser Stelle für diesen Einsatz.

Beistand

Im Juni 1986 wurde ich »vorzeitig« aus der Schule entlassen. Es wurden die Noten aus dem Zwischenzeugnis übernommen, das war dann auch mein Bewerbungszeugnis. Es war mir egal! Mein Leben war so was von egal, dass auch dieser Umstand uninteressant war. Und Zukunft? Was sollte ich für eine Zukunft haben? Mein Leben war eine Katastrophe, und genau so würde sich mein Leben weiterentwickeln. Ich war 16 Jahre jung und ausgebrannt. Also tat ich das, was getan werden musste: Ich kümmerte mich im Krankenhaus um meinen Bruder, sagte ihm nicht, wie es unserer Mutter ging, und kümmerte mich zu Hause um meine Mutter. Wenn man gelernt hat, das eigene Gefühl, die eigene Seele, das eigene Leben auszublenden, geht alles. Irgendwie.

Im Juli 1986, knapp acht Wochen nach seinem schweren Unfall, ging es meinem Bruder langsam besser. Und es geschah, was nicht geschehen durfte. Meiner Mutter ging es gesundheitlich so schlecht, dass sie ins Krankenhaus musste. Nun brach mein Kartenhaus, das schon sehr wackelig war, endgültig zusammen. Mein Bruder in einem Krankenhaus 12 km entfernt von uns. Der behandelnde Arzt meiner Mutter veranlasste eine Einweisung ins Krankenhaus fünf Minuten von uns entfernt. Gott steh mir bei, wie soll ich das schaffen? Und bitte sage mir, was mache ich mit meiner Schwester? Das fragte ich Gott und mich selbst.

Plötzlich kam mir eine Idee. Meine Nonnen, die auf mich aufgepasst hatten, als ich ein kleines Mädchen war, waren auch nach dieser Zeit oft noch meine Anlaufstelle. So auch dieses Mal. Mit meiner Schwester im Schlepptau ging ich in unser Kloster, genau gegenüber dem Krankenhaus, in dem meine Mutter war. Ich schilderte die fürchterliche Situation, und wie damals strahlten meine Nonnen Ruhe aus. Im Garten war noch immer das kleine Rehkitz, ich fühlte mich hoffnungslos allein wie damals. Schwester Irmgard war »meine Nonne«. Sie veranlasste, dass Bettina in einem Kloster in Geldern unterkam. Geldern, ich wusste gar nicht, wo das war. Meine Schwester fühlte sich bestimmt ganz fürchterlich. Sie war nie von zu Hause weg gewesen, wie in Gottes Namen sollte sich das arme Mädchen fühlen? Nur – so leid es mir tat – es war in diesem Moment das Beste für sie und für mich. Sie weinte fürchterlich und mir ging es schlecht. Essen war für mich zu einem Fremdwort geworden. Mir war nur noch übel.

Meine Schwester war also auf dem Weg nach Geldern. Zurück zu Hause bei meiner Mutter packte ich alle Sachen fürs Krankenhaus zusammen. Mit meiner Mutter fuhr ich im Krankenwagen in die Klinik, wo wir bereits erwartet wurden. Sie wurde untersucht und bekam Medikamente und wurde auf ihr Zimmer gebracht. Sie war erschöpft und ich sagte ihr, dass ich nun zum Bruder ins Krankenhaus fahre. Danach käme ich nochmals bei ihr vorbei.

Nach eineinhalb Stunden Fahrt – ein bisschen Zeit zum Luftholen – war ich im Krankenhaus meines Bruders angekommen. Als er davon erfuhr, wie es um unsere Mutter stand, wollte er ins Krankenhaus meiner Mutter verlegt werden. So hätte ich nur noch ein Ziel anzusteuern, und was das Wichtigste war, die beiden könnten sich endlich mal wieder sehen. Für mich war es in zweifacher Hinsicht eine Erleichterung. Zum einen blieb mir die Fahrt ins Krankenhaus meines Bruders erspart und zum anderen würde ich nicht mehr den Informationsübermittler spielen müssen. Beide könnten sich sehen und austauschen. Mein Bruder saß mittlerweile im

Rollstuhl, und so war es ihm möglich, sich auch mal selbst irgendwohin zu bewegen.

Gegen Abend fuhr ich ins Krankenhaus meiner Mutter. Sie bekam sehr schlecht Luft. Die Ärzte veranlassten mehrere Untersuchungen, um zu klären, wie man ihr am besten helfen könnte. Ich erzählte meiner Mutter von der tollen Idee meines Bruders. Sie war schwach, aber freute sich, ihren Jungen bald wiederzusehen. Ich sagte ihr, dass ich am nächsten Morgen bei ihr vorbeischaue und danach zum Bruder fahre. Ich würde mit ihm gemeinsam im Krankenwagen von Wedau nach Homberg fahren. Sie küsste meine Hand und ich ging nach Hause. Feierabend für diesen Tag.

Völlig alleine in unserer großen Wohnung, in der sonst vier Menschen lebten, kam so etwas wie Ruhe auf. Ein Gefühl, das mir fremd war. Es war für mich ein unangenehmes Gefühl, in diesem Moment für nichts und niemanden verantwortlich zu sein. Ich kann mich nicht mehr erinnern, wie ich diesen Abend verbrachte.

Am nächsten Morgen machte ich mich kurz auf ins Krankenhaus meiner Mutter, um zu sehen, wie es ihr ging. Sie wirkte ein bisschen besser als am Tag zuvor. Danach ab zur Bushaltestelle, um ins Krankenhaus ins 12 km entfernte Wedau zu fahren. Dort im Krankenhaus räumte ich die Sachen meines Bruders zusammen. Ein paar Stunden später waren wir mit dem Krankenwagen auf dem Weg zurück nach Homberg. Nachdem alle Formalitäten im Krankenhaus erledigt waren, fuhr ich meinen Bruder zu meiner Mutter. Nach drei scheinbar endlosen Monaten sahen sich die beiden wieder. Sie lagen sich in den Armen, als wenn es das letzte Mal sein würde. Beide machten einen halbwegs glücklichen Eindruck. Fast glücklich ging ich an diesem Tag nach Hause. Am nächsten Tag sollte meine Mutter mehrere Untersuchungen über

40

sich ergehen lassen. Ich pendelte zwischen beiden Kranken-
zimmern. Fuhr meinen Bruder zwischendurch raus in den
Garten, damit er mal frische Luft schnappen konnte. Okay,
wir haben natürlich dabei geraucht. Wir hielten telefonisch
Kontakt zu unserer Schwester und das Schicksal schien ein
Einsehen mit uns zu haben.

Meine Mutter sollte an diesem Tag eine Kathederunter-
suchung bekommen, darum durfte ich erst am nächsten
Tag zu ihr. Also ging ich gegen 19.00 Uhr nach Hause,
schaute noch ein bisschen fern. Die Nacht verlief für mich
wieder ungewohnt ruhig. Der nächste Morgen brach an,
ich machte mich fürs Krankenhaus fertig, besuchte zuerst
meine Mutter. Ihre Augen schienen heute viel blauer als
sonst. Ich fragte sie, ob es ihr besser gehe. Sie sagte nein,
obwohl es anders wirkte. Sie musste nochmals zu einer Untersuchung. Meine Mutter lag aufgrund ihres Zustandes
auf der Intensivstation. Bis zur Untersuchung blieb ich bei
ihr. Ich hielt ihre Hand und sprach mit ihr über belanglose
Dinge. Plötzlich sagte sie etwas, was ich damals nicht ein-
sortieren konnte: »Sandy, zu Hause im Schrank liegt dein
Geburtstagsgeschenk. Du wirst bald 17 Jahre alt und bist
kein Kind mehr. Wenn du möchtest, darfst du dir das Geschenk nehmen.«

Ich verstand sie nicht. Es war der 30. Juli, es waren noch
drei Monate bis zu meinem Geburtstag.

Dann sagte sie mir, dass ich es mir verdient hätte. Und sie
wollte, dass ich ihr unseren Familien-Talisman brachte. Es
war der Rosenkranz meines Bruders. Er hatte ihn im Krankenhaus in der schwersten Zeit in seinem Nachttischschrank
gehabt, und nun wollte sie ihn haben. Kurz bevor ich ging,
fiel es mir noch ein. Ich legte ihn in ihre rechte Hand. Sie
lag etwas von mir weggedreht, da sie in der Seitenlage besser

Luft bekam. Als ich ging, sagte ich: »Bis morgen, Mama«, und küsste die Hand, in der sie den Rosenkranz hielt.

Als ich schon fast an der Zimmertür war, sagte sie noch: »Sandy, du musst mir schwören, dass ihr eure Schwester nie in ein Heim gebt.« Diesen Satz hatte ich schon hundertmal von ihr gehört, und wie die hundertmal vorher sagte ich, dass ich es ihr schwöre und sie sich keine Sorgen machen brauche. Sie könne sich immer auf mich verlassen.

Als ich ging, sagte sie noch: »Mach's gut.«

In diesem Moment maß ich all diesen Worten keine besondere Bedeutung bei. Immer wieder stand das Wohlergehen unserer behinderten Schwester im Vordergrund, und auch wenn es sich hart anhört, irgendwann konnte ich es nicht mehr hören. Schließlich habe ich mich immer um meine Schwester gekümmert, was sollte sich daran ändern? Ich ging nach Hause, um ein bisschen Wäsche zu waschen. Gegen Abend würde ich nochmals in Krankenhaus gehen. Mir fiel ein, was meine Mutter bezüglich meines Geburtstagsgeschenks gesagt hatte. An dieser Stelle muss ich sagen, dass ich ein Mensch mit ungeheurem Wissensdurst bin – andere nennen es wohl neugierig. Erschwerend kommt hinzu, dass ich Geschenke liebe – besonders wenn sie für mich sind. Lange Rede, kurzer Sinn, auch wenn ich es irgendwie blöd fand, nahm ich mir das Geschenk. Es war ein goldener Ring, der in der Mitte wie geflochten war. Darin funkelten zwei kleine Steinchen. Ich setzte ihn auf und er gefiel mir sehr gut. Obwohl mir klar war, dass ich an meinem Geburtstag nun nichts auszupacken hatte.

Gegen 18.00 Uhr machte ich mich dann wieder auf den Weg zum Krankenhaus. In mir war eine eigentümliche Unruhe, ich wollte nur noch mal nach meiner Mutter schauen. An der Intensivstation angekommen, schellte ich. Es dauerte eine halbe Ewigkeit, bis sich jemand meldete. Ich sagte der Krankenschwester an der Klingel, dass ich meine Mutter besuchen möchte. Mir wurde gesagt, dass das nicht gehe, weil keine Besuchszeit sei. Ich solle am nächsten Tag wiederkommen. Irgendetwas in mir ließ mich plötzlich wütend werden, ich hatte den unbändigen Drang, meine Mutter zu sehen. Aber es wurde mir nicht erlaubt.

Ich ging zum Zimmer meines Bruders, holte ihn mit seinem Rollstuhl ab und wir gingen in den Garten, rauchen. In meiner Erinnerung ist es ein bunter Garten mit orangefarbenen Blumen. Als ich nach links in die erste Etage schaute, konnte ich das Zimmer meiner Mutter auf der Intensivstation sehen. Es waren die Zimmer ohne Gardinen. Ich sog den Rauch tief in meine Lungen und sagte, dass ich Mutti gerne noch besucht hätte, aber nicht zu ihr durfte.

Irgendwann gegen 19.00 Uhr ging ich wieder nach Hause, hinein in die große, leere und einsame Wohnung. Mir ging es schlecht, ich hatte Angst. Irgendetwas machte mir Sorgen. Meine Gedanken drehten sich permanent um meine Mutter. Gegen 20.00 Uhr rief ich meinen Bruder an. Ich sagte ihm, dass ich fast wahnsinnig würde. In mir war eine Unruhe, mein Herz raste und mir fiel das Atmen schwer. Mein Bruder schlug mir vor, einen Videofilm zu gucken. Vielleicht würde mich das ein bisschen ablenken. Ich folgte seinem Rat. Worum es in diesem Film ging, kann ich heute nicht mehr sagen. Den Titel jedoch werde ich nie vergessen: »Timebomb«. Wie mein Leben! Der Filmtitel passte perfekt zu meinem Leben. Ich nahm eine halbe Beruhigungstablette meiner Mutter und schlief irgendwann vor dem laufenden Fernseher ein. Um 20.45 Uhr klingelte das Telefon. »Krankenhaus St.-Johannes-Stift, es geht um Ihre Mutter. Ihr Zustand hat sich akut verschlechtert. Kommen Sie schnell vorbei.«

Mir wurde schlecht, mein Magen zog sich zusammen und ich bekam einen trockenen Mund. Mein Herz schmerzte und ich konnte nicht mehr klar denken. Ich wählte die Rufnummer meines Bruder und schrie nur in den Hörer: »Die Mama ...« Irgendetwas fiel mir in die Hände, was ich mir überwarf, und ich rannte weinend zum Krankenhaus. Eigentlich brauchte man zu Fuß nur fünf Minuten, aber ich hatte das Gefühl, auf einem Laufband zu laufen und würde nie ankommen. Im Krankenhaus rannte ich in die erste Etage, zur Intensivstation. Mein Bruder war bereits mit dem Rollstuhl dort. Wir hatten Tränen in den Augen und ich schellte mit zitternden Händen. Es öffnete niemand. Wir konnten Geräusche eines EKG-Gerätes hören. Irgendein Herz schlug, hörte wieder auf, schlug, und irgendwann gab es nur noch einen Piepston.

Völlig verweint saßen wir vor der Metalltür, die dann irgendwann aufging. Ein Arzt kam heraus. Wie in einem schlechten Film kam er auf uns zu. Er hatte grüne Sachen an, wie auf einer Intensivstation üblich, sein Blick war gesenkt und ich wäre am liebsten weggelaufen. Doch ich war wie gelähmt und suchte in seinem Blick irgendetwas anderes als das, was ich sah. Lieber Gott, bitte, bitte, weck mich aus diesem Albtraum, flehte ich stumm. Es folgten Worte, die in meinen Ohren dröhnten: »Wir haben alles, wirklich alles versucht, aber Ihre Mutter ist leider verstorben.«

Da wurde mir schmerzlich klar, dass ich nicht träumte. Nichts wurde gut. Meine Mutter war tot.

Trance

Der Arzt bat mich und meinen Bruder in einen Behandlungsraum. Er fragte uns, ob wir unsere Mutter noch einmal sehen wollten. Ich konnte nur weinen und hatte große Angst davor, meine Mutter zu sehen. Schließlich wollten wir sie beide so in Erinnerung behalten, wie wir sie zum letzten Mal gesehen hatten.

Heute, auf den Tag genau, ist es 23 Jahre her. Heute, mit fast 40 Jahren, ist mir klar, dass genau dieser Abschied von ihr eine unschließbare Lücke bei mir hinterlassen hat. Sie wurde aus meinem Leben gerissen und ich konnte mich nicht von ihr verabschieden. Das läuft mir noch heute nach.

Der Arzt behielt mich im Krankenhaus. Ich erlitt einen Nervenzusammenbruch und bekam etwas zur Beruhigung. Unter Aufsicht durfte ich noch nach Hause, um etwas Kleidung zusammenzupacken.

Mein Bruder und ich bekamen ein Einzelzimmer. Wir standen uns nie wirklich nahe, weil wir einfach zu verschieden waren. Doch die vergangenen Monate hatten uns etwas näher zusammengebracht. Mein Bruder rief die Verwandtschaft an. Ich konnte nichts mehr machen. Nicht mehr reden und eigentlich auch nicht mehr leben. Irgendwann schliefen wir mit verweinten Augen ein.

Ich war wie in einem Dämmerzustand, wie in Trance. Es war wohl mein Leben, was hier ablief, doch ich bewegte mich wie unter einer Glocke. Ich spürte, dass ich atmete, aber ich fühlte mich betäubt, geschockt und hoffnungslos. Mir fehlten Worte, Taten und ich hatte keine Kraft mehr. Mein Herz war in 1000 Stücke zerrissen. Mein Gefühl war tot. Irgendwann, ich weiß nicht, ob es nach Stunden oder Tagen war,

war da ein Gefühl, ein Gedanke, die in mir hochkamen und mir noch heute ein schlechtes Gewissen bereiten. Sandra, jetzt bist du frei, dachte ich. Alles, was mich belastet hatte, war weg. Keine Angst, kein Druck, keine Enge, vielleicht ein bisschen Freiheit, Unabhängigkeit, vielleicht einfach nur Leben? Im gleichen Moment hätte ich mich umbringen können. Alles, was mein Leben bestimmt hatte, war meine geliebte Mutter gewesen. 16 Jahre jung und Vollwaise. Meine Schulkameraden, meine Nachbarn, meine Lehrer, meine Schule, meine Mutter, alle waren weg, keiner war mehr da. Ich war einfach nur allein.

Einsamkeit

Anstelle von Freiheit spürte ich nichts. Meine Seele war tot. Ich war in unserer Wohnung, unserem Zuhause. Keiner war da. Nur ich. Sie war noch voller Leben. Der Geruch meiner Mutter war in der Wohnung, ich glaubte zu fühlen, dass sie bei mir war. Vielleicht wollte sie mich trösten. Ich glaubte Windzüge an meiner Hand zu spüren, aber vielleicht wurde ich auch nur langsam wahnsinnig. Ich hörte ihre Stimme: »Sandy ...« Jedes Mal, wenn ich in die Wohnung musste, zerschmetterte es mir mein Herz aufs Neue. Meine Mutter, sie war einfach noch immer überall. Wochenlang dachte ich über ihre letzten Worte nach. Immer und immer wieder. Krampfhaft versuchte ich alles in meinem Herzen und meinem Gehirn zu speichern, aus Angst, ich könnte irgendetwas von ihr vergessen. Ihre Stimme, ihre Art, ihren Geruch, ihre Liebe und ihr Lachen. Es schnürte mir die Kehle zu, wenn ich die Wohnung betrat. Geschüttelt von Weinkrämpfen schaffte ich es nur, in Sekundenschnelle durch die Wohnung zu rennen, um ein paar Sachen zu holen.

An einem Tag jedoch, und seitdem ist mir klar, dass es nach dem Tod noch irgendetwas geben muss, geschah etwas, was mir das Blut in den Adern erstarren ließ. Als ich meiner Mutter den Rosenkranz ins Krankenhaus brachte, klebte der Name meines Bruders auf einem weißen Zettel an dem Rosenkranz. Das hatte eine Krankenschwester damals gemacht, da mein Bruder mehrfach die Stationen gewechselt hatte. Zu 100 Prozent bin ich mir sicher, dass ich im Krankenhaus bei meiner Mutter das Etikett nochmals angedrückt hatte. Einige Tage nach dem Tod meiner Mutter lag dieses Etikett mit dem Namen meines Bruders jedoch vor meinen Füßen. Einerseits war ich erstarrt vor Angst, andererseits war mir klar, ich war nicht allein, sie war bei mir.

Ich habe mich schon als junges Mädchen viel mit dem Tod beschäftigt und irgendwo hatte ich mal davon gehört, dass ein Verstorbener sich auf die Reise nach oben macht. Die ersten Tage nach dem Tod brauchen sie Ruhe. Sehr häufig sind sie in dieser Zeit noch in dieser Welt und in der anderen Welt unterwegs. Sie kehren an den Ort zurück, an dem sie gelebt haben. Ich weiß nicht, ob das alles stimmt, aber für mich war es damals einfach beruhigend. Wenn es sich auch unglaublich anhört, gehe ich davon aus, dass sie immer an meiner Seite ist, dass sie mein Schutzengel ist.

Die Schwester meiner Mutter erklärte sich bereit, mich aufzunehmen. Innerhalb der Familie hatte ich nie Halt gefunden. Ich kann mich nicht erinnern, dass sich in all den Jahren, als es uns wirklich schlecht ging, wirklich mal jemand für uns, geschweige denn für mich interessiert hätte. So war es auch mit dieser Tante. Nur konnte ich in unserer viel zu großen Wohnung nicht leben. Die Erinnerungen an meine geliebte

47

Mutter machten mich verrückt. Ich wollte erst wieder zu Hause einziehen, wenn meine Geschwister wieder da waren.

Unserer Schwester mussten wir nun irgendwie beibringen, dass unsere Mutter nie wiederkommt. Dass sie nun im Himmel ist, uns von oben zuschaut und auf uns aufpasst. Ich befürchte, dass sie es bis heute nicht verkraftet hat. Schon mein Leben als nicht behinderter Mensch geriet völlig aus dem Ruder. Wie sollte meine Schwester das nur verarbeiten? Ich fand einen Weg übers Schreiben. Heute bleibt mir nicht mehr, als ihr einfach zuzuhören, wenn sie über Mutti spricht. Ihr zu erklären, wie damals alles war, und ihr zu sagen, dass ich heute auch noch weine. Manchmal sagt sie: »Ich vermisse die Mama aber.« So weh mir das tut, weiß ich, welchen Schmerz sie versucht zu beschreiben. Und wenn ich ihr dann sage, dass es mir ähnlich gehe, scheint es ihr besser zu gehen.

In die Familie meiner Tante eingezogen, fühlte ich mich wie ein Störenfried. Diese Tante wollte eigentlich nicht noch einen Esser durchfüttern. Das Störenfried-Gefühl war jedoch nicht so schlimm wie das Gefühl der Einsamkeit.

Die Beerdigung meiner Mutter nahte. Ich hatte noch nicht einmal etwas Schwarzes anzuziehen. Mir wurde gesagt, dass das Sozialamt in solchen Fällen helfen könnte. Schlimmer ging es nicht. Zu den Laufereien für die Beerdigung kam nun auch noch der erniedrigende Gang zum Sozialamt. Mir wurde sehr schnell klargemacht, dass man nicht mal »eben so« Geld bekommt. Der Antrag müsste erst einmal bearbeitet werden. Hierfür würden schon ein paar Tage ins Land gehen. Die Beerdigung war aber schon wenige Tage später. Ich ging unverrichteter Dinge nach Hause. In diesem Moment der absoluten Erniedrigung schwor ich mir: Nie wieder würde ich zum Sozialamt gehen!

Das Beerdigungsinstitut bekam es irgendwie hin, dass wir

48

keine Kosten durch die Beerdigung meiner Mutter hatten. Damals gab es noch von der Krankenkasse ein Sterbegeld. Wie es das Beerdigungsinstitut gemacht hat, weiß ich nicht, aber vielen Dank dafür an dieser Stelle. Vor der Beisetzung gab es noch Ärger in der Familie. Meine Tante, die mich aufgenommen hatte, und die Mutter meiner Mutter wollten meine Mutter aufbahren lassen. Wir wussten aber genau, dass sie das nie wollte. Im Krankenhaus hatten wir uns dazu entschlossen, unsere Mutter so in Erinnerung zu behalten, wie wir sie zuletzt gesehen hatten. Auch in diesem Fall hat das Beerdigungsinstitut in unserem Sinne gearbeitet und beschloss, unseren Wünschen entsprechend den Sarg geschlossen zu lassen. Wir Kinder konnten nicht auch noch Ärger zu dem Unglück ertragen.

Abschied

Mein Bruder saß neben mir in der Kapelle. Ich spürte nichts mehr. Kein Gefühl, keine Gedanken, nichts. Ein Teil von mir war mit meiner Mutter gestorben. In Gedanken sprach ich mit meiner Mutter: »Da vorne in der Holzkiste liegst du jetzt! Mama, ich vermisse dich so sehr. Kann es wirklich sein, dass du einfach von mir gehst? Mama, ich kann nicht glauben, dass du nie wiederkommst, warum hast du mich hier alleine gelassen? Nun liegst du da vorne und ich muss es wohl glauben. Mama, vielleicht ist es ja auch ein Versehen und dein Name wurde vertauscht, das hat es doch alles schon gegeben. Mama, schließlich kann ich mich doch nicht einfach auf irgendeine Aussage eines Arztes, der dich nicht kannte, verlassen. Mama, ich liebe dich …«

Meine Fantasie ging mit mir durch, ich weinte. In Gedanken riss ich die Blumen vom Sarg, öffnete ihn und hoffte, darin eine fremde Frau liegen zu sehen, um dann in die Kapelle zu rufen: »Es ist alles ein Versehen, meine Mutter ist gar nicht tot.« Als mich diese Fantasie mit Hoffnung erfüllte, spielte die Orgel das Ave-Maria. Die Pfarrerin kam in die Kapelle und ich wurde aus meinen Träumen gerissen. Mein Bruder saß im Rollstuhl neben mir und mir wurde klar, dass alles real war. Meine Seele und mein Hirn waren erschlagen von diesem Ereignis, ich war unfähig, normal zu denken. Mein Bruder lief an diesem Tag zum ersten Mal seit seinem Unfall auf Krücken. Am Grab meiner Mutter zu stehen, war für mich das Schlimmste. Am liebsten wäre ich mit ihr gegangen, doch ich musste hierbleiben und mein verkorkstes Leben weiterleben. Ich gab ihr eine Rose und einen Abschiedsbrief mit auf den Weg, auf dem ich sie nicht begleiten durfte. Der Schmerz würde nie vergehen, das war mir klar. Die Lücke in meinem Herzen wird keine Person füllen können.

Heute, 23 Jahre später, spüre ich diesen Schmerz nicht mehr täglich. An Tagen, die mir sehr wichtig sind, wie mein Geburtstag, ihr Geburtstag, ihr Todestag, Weihnachten oder Silvester, geht es mir schlecht und meistens weine ich auch, da der Schmerz dieses kleinen Mädchens immer noch in mir ist. Mein Mann und meine Tochter wissen, wie sehr ich meine Mutter liebe. Sie lassen mich weinen und irgendwann geht es dann wieder. Das Bild meiner Mutter steht in unserem Wohnzimmer, und das tröstet mich.

Asyl

Vier Wochen nach der Beerdigung wurde mein Bruder aus dem Krankenhaus entlassen. Eine Klassenkameradin hatte sich bei mir gemeldet, und ihre Familie hatte mir angeboten, mich aufzunehmen, bis mein Bruder aus dem Krankenhaus wieder da wäre. Ich war glücklich und vor allen Dingen war ich nicht mehr alleine. Die Mutter meiner Klassenkameradin war eine Holländerin. Sie konnte so herrlich auf Holländisch schimpfen, dass mir warm ums Herz wurde. Ich genoss die Unruhe in dieser Familie, sie gab mir das Gefühl, nicht einsam zu sein. Seit dem Tod meiner Mutter war ich von 54 kg auf 43 kg abgemagert. Ich war mir egal geworden. Bei meiner Klassenkameradin jedoch wurde ich von den Sorgen abgelenkt. Die Zeit, bis mein Bruder entlassen wurde, verging in der lebhaften Familie schneller. Ich hatte so etwas wie einen geregelten Tagesablauf.

Als mein Bruder dann endlich entlassen wurde, holten wir unsere Schwester – so wie ich es meiner Mutter versprochen hatte – aus dem Behindertenheim in Geldern ab. Wir stürzten uns in ein Leben ohne Mutter, fast ohne Geld und ohne Ahnung, was kommen würde. Unsere Schwester war froh, wieder bei uns zu sein, und das war das Wichtigste.

Wir hatten eine Bekannte bei der Caritas, die uns zumindest rechtlich helfen konnte. Ich war 16 Jahre jung, meine Schwester behindert und mein Bruder schwer verletzt und noch immer arbeitsunfähig. Mir wurde formal ein Vormund zur Seite gestellt. Ich brauchte jemanden, der für mich wichtige Dinge unterschreiben konnte. Es war ebenfalls eine Frau von der Caritas. Die Geschäftsstelle war direkt in unserer Nähe, so dass ich in ein paar Minuten da sein konnte, wenn ich etwas zu klären hatte. Diese Dame setzte als Erstes durch, dass ich nicht am 01.08.1986 meine Ausbildung antreten musste, was zwei Tage nach dem Tod meiner Mutter gewesen wäre, sondern vier Wochen Aufschub bekam. Mit diesem Aufschub war es für mich in dieser Firma auch schon vorbei. Aufgrund meines Abschlusszeugnisses und meiner Noten blieb für mich in der großen weiten Arbeitswelt nicht viel, was ich machen konnte, und so landete ich als Verkäuferin in einem »Alles-und-gar-nichts-Laden« im Nachbarort. Meine Mutter hatte sich damals noch stark gemacht, dass ich diese Ausbildungsstelle bekam. Ich hatte keinen Sinn in dieser Ausbildung gesehen, da ich keinen Sinn in meinem Leben sah. Diese Ausbildung und ich selbst waren mir egal. Für meine Mutter wollte ich »Geld verdienen«, damit es ihr und uns besser geht. Ihr wollte ich Blumen kaufen und eine Freude bereiten. Sie sollte stolz auf ihr kleines Mädchen sein! Und nun war sie nicht mehr da und an meiner Seite kein Mensch mehr, der einen Zugang zu mir hatte. Ich schmiss die Ausbildung nach nur vier Tagen, und das war auch gut so.

Lehrjahre

Mein Herz schlug, und das wohl auch regelmäßig. Es war mir jedoch egal, ob es schlug oder nicht. Der Blickwinkel auf das Leben – auf mein Leben – hatte sich verändert. Bis Ende des Jahres tat ich nichts, außer mich selbst zu suchen. Meine Beraterin von der Caritas konnte kaum auf mich einwirken. Im Dezember des Jahres 1986 war ich so weit, mich mit meiner Beraterin beim Arbeitsamt zu melden. Wieder mal wurde mir klar, dass ich aufgrund meines Zeugnisses und der fehlenden Unterstützung, die man sonst von Eltern und Angehörigen erhält, nur eine einfache Ausbildung machen konnte. Also fing meine Berufsberaterin damals mit »F« wie Friseurin an, doch aufgrund meiner Allergien hatte ich es in diese Richtung erst gar nicht versucht. Außerdem bin ich nicht blond – sorry, Mädels, ist ein blöder Witz, ich weiß. Dann waren wir bei »V« wie Verkäuferin gelandet, und dazu konnte ich schon sagen, dass das nichts für mich war. Dann gab es noch »B« wie Bürogehilfin. Gehilfin hörte sich schon irgendwie negativ an, oder? So wie minderbemittelt, so wie: »Mach mal Kaffee …« Vielleicht lag es auch nur an meiner momentanen Situation. Noch im Jahr 1986 bot mir das Arbeitsamt ein »Berufsvorbereitendes Jahr« an. In diesem Jahr wurde man gezielt auf die Inhalte einer Berufsausbildung im kaufmännischen Bereich vorbereitet. Das hieß, dass ich in einem Unternehmen kaufmännischen Blockunterricht erhielt und gleichzeitig die Berufsschule besuchte.

Zurück vom Arbeitsamt lief ich sofort zu meiner Beraterin von der Caritas. Sie empfahl mir dringend, diese Maßnahme zu machen, und so entschloss ich mich dazu. Zum ersten Mal seit dem Tod meiner Mutter hatte ich so etwas wie einen Anflug von Hoffnung. Ein Licht am Ende des Tunnels, ein Ziel vor Augen. Fast freudestrahlend ging ich nach Hause und erzählte meinem Bruder von meinen Plänen. Die Realität holte mich ein, mein Bruder hielt mir eine Standpauke, was ich mir vorstellen würde, wie das hier in Zukunft läuft. Er wäre ja im Moment noch zu Hause, aber irgendwann würde er auch wieder arbeiten, er hätte schließlich Wechselschicht, wer würde sich dann um die Schwester und um die Wohnung kümmern? Mein Bruder hatte recht. Als ich mich für diese Maßnahme entschied, hatte ich nur an mich gedacht und an niemanden sonst. Einfach nur an mich. Obwohl ich sehr gerne diese Maßnahme durchführen wollte, rief ich meine Berufsberaterin an und sagte ab. So leicht war sie jedoch nicht ruhigzustellen. Gott sei Dank! Sie wollte von mir plausible Gründe und ich erzählte ihr von meiner Situation zu Hause, meiner Schwester und der Verantwortung, die ich hatte. Ich war gerade mal 17 Jahre alt und hatte kein Gefühl dafür, was richtig und was falsch war.

Meine Beraterin spürte, unter welchem Druck ich stand, und dann sagte sie: »Du musst dieses Berufsvorbereitende Jahr machen, Mädel! Du bist für diese Maßnahme eingetragen, im Januar geht es los!«

Glücklich darüber, dass mir diese Frau gezeigt hatte, was für meine Zukunft wichtig ist, ging ich stolz und euphorisch zu meinem Vormund der Caritas. Ich erzählte ihr von meinen Plänen und war froh, dass ich mich dazu entschlossen hatte. Jedoch kamen mir im gleichen Moment Gewissensbisse. Ich fragte sie, was denn nur aus meiner Schwester werden würde, wenn ich arbeiten ginge. Sofort hatte mich mein schlechtes Gewissen da, wo es mich haben wollte. Ich fing an zu zweifeln. Es gab eigentlich nur eine Lösung, aber ich konnte mich vom Herzen her nicht dazu entschließen. Die schwere Last meines Versprechens, das ich meiner Mutter hundertmal gegeben hatte, dass ich mich immer um meine Schwester kümmern würde, fraß mich auf. Ihr Glück und mein Versprechen ergaben mein Glück. Mein Glück kannte ich nicht, wen ich unglücklich machen musste, schon. Hin- und hergerissen wollte ich schon wieder die Maßnahme absagen. Ich selbst war in meinem Leben einfach nicht vorgesehen. Meine Aufgabe war es, für andere da zu sein.

Meine Betreuerin verstand, dass ich mein Versprechen einlösen wollte, nur war dieses Versprechen einfach nicht haltbar. Irgendwann müsste ich anfangen, mich um meine berufliche

Laufbahn zu kümmern. Es wäre jetzt an der Zeit, mein Leben in die Hand zu nehmen. Meine Betreuerin war auch gleichzeitig Vormund meiner Schwester. Sie hatte also das Recht, meine und die Rechte meiner Schwester wahrzunehmen. Sie schlug vor, meine Schwester in eine Wohngruppe für behinderte Menschen zu integrieren. Das Wohnheim wäre in Duisburg Zentrum, sie könnte in eine Werkstatt für behinderte Menschen gehen und wir könnten sie regelmäßig besuchen.

Entscheidung

Eigentlich hörte sich das mit dem Wohnheim sehr gut an, und doch war mir nicht gut dabei. Mein Versprechen lag so schwer auf meinem Herzen, eine viel zu schwere Last, die ich mit mir tragen musste, um überleben zu können. Es fühlte sich an wie Verrat. Mit Tränen in den Augen und mit einem Gefühl, das mir völlig fremd war, machte ich mich auf den Weg nach Hause. Das Gefühl war, Verantwortung für mich und mein Leben zu übernehmen. Mit allen Konsequenzen. An meiner Seite waren keine Eltern mehr, die mich wie ein kleines Küken, das vom Weg abgekommen war, in die richtige Richtung stupsten. Vor mir und hinter mir war kein Mensch, an dem ich mich orientieren durfte. Ich war alleine mit meinem Leben. Es gab nur zwei Möglichkeiten: Entweder ich traf die Entscheidung, keine zu treffen, und gab mein Leben in andere Hände. Oder ich traf die Entscheidung, die Verantwortung für mich und mein Leben zu übernehmen. Obwohl ich mich fühlte wie ein kleines Kind, war ich gezwungen, erwachsen zu sein. Doch in meinem Herzen würde dieses kleine Mädchen immer bleiben.

Zu Hause angekommen, teilte ich meinem Bruder meine Entscheidung mit und versuchte ihn zu überzeugen. Mein Bruder warf mir vor, dass ich an allem schuld sei. Wir hätten es der Mutter versprochen, und es wäre einzig und alleine meine Verantwortung, wenn wir das Versprechen brechen würden. Es ging mir sehr schlecht. Ich wusste selbst, wie schlimm es für unsere Schwester sein würde. Sie hätte am meisten von uns Zuwendung und Zeit gebraucht, da sie noch nicht verarbeitet hatte, was geschehen war. Noch nie in meinem Leben war mir eine Entscheidung so schwergefallen, aber ich wollte mich nicht von dieser Maßnahme abbringen lassen. Gleichzeitig war in meinem Kopf diese Stimme, die durch die Auseinandersetzung mit meinem Bruder nur lauter wurde: »Ich bin schuld, ich bin schuld, ich bin schuld!«, sagte sie ständig. Meine Versuche, diese Stimme mit den Argumenten meines Verstandes zum Schweigen zu bringen, misslangen. In der Zeit, in der diese Stimme schwieg, war ich mir sicher, das Richtige zu tun.

Heute weiß ich, dass es für uns alle die beste Entscheidung war. Damals hat mich kein Mensch außer meinem Vormund dabei unterstützt. Wie hätte das Leben für mich und meine Geschwister sonst ausgesehen? Wir hätten unser Leben nicht leben können. Wir hätten unser Leben nur nach unserer Schwester gerichtet, wodurch sich sicher Aggressionen aufgebaut hätten. Es wäre nie gut gegangen. Unsere Schwester hätte nie die Möglichkeit gehabt, eigene Entscheidungen zu treffen, zum Beispiel, dass sie rauchen möchte – auch wenn es gegen jede Vernunft ist. Sie lebt ein für behinderte Menschen normales Leben.

Unser Vormund bereitete mit mir den Umzug von meiner Schwester vor. Zu Hause war ich der Buhmann, bei ihr und bei meinem Bruder. In mir war jedoch eine Kraft, die mich

56

stark machte, diesen Druck auszuhalten. Das Wohnheim war im Zentrum der Stadt und wir versuchten, alles so nett wie möglich zu machen.

Dann stürzte ich mich mit voller Wucht in die Maßnahme des Arbeitsamtes. Es tat mir sehr gut, zu Hause rauszukommen. Wir waren eine Gruppe von jungen Leuten, die alle ein Problem hatten – keinen Ausbildungsplatz. Ich war nicht mehr anders und vor allen Dingen nicht alleine. Wir hatten ein gemeinsames Ziel, und es machte mir einfach Spaß, Zeit und Kraft in mich selbst zu investieren. Zu Hause war für mich natürlich eine doppelte Belastung angesagt, da ich mir mit meinen 17 Jahren – besser gesagt meinem Bruder – beweisen wollte, dass ich es schaffe. Es war ein völlig neues Gefühl, alles, was ich lernte, lernte ich nur für mich. Das alles sog ich in mich ein und ich mobilisierte ungeahnte Lebenskräfte. Dann stand er plötzlich vor mir. Wie aus heiterem Himmel war er da und hielt mir die Tür auf. Was für ein Mann! Sportlich, etwas größer als ich, braungebrannt, enge Jeans, helle Turnschuhe, braune Augen, verschmitztes Lächeln.

Liebe I

Zu meiner Kollegin aus der Maßnahme sagte ich: »Hast du diesen Mann gesehen?« Sie meinte nur, dass er ihr zu alt wäre, aber ich stand da wie angewurzelt. Zu alt? Wieso das? Für mich war er genau das, was ich mir unter einem richtigen Mann vorstellte. Jungs in meinem Alter waren mir einfach zu oberflächlich und konnten in mir keine Neugier wecken. Mit meinen 17 Jahren hatte ich kaum Erfahrungen in Sachen Beziehungen sammeln können. Meine Liebe, die ich irgendwann finden würde, spielte sich nur in meiner Fantasie ab. Wie ein kleines romantisches Mädchen träumte ich vom Prinzen auf dem weißen Pferd oder mit der weißen Kutsche. Der Prinz rettet sein Aschenputtel und sie werden glücklich bis in alle Ewigkeit, und wenn sie nicht gestorben sind … Den Rest kennen Sie sicher.

Aschenputtels Mutter war auch verstorben, sie war oft traurig und allen anderen schien es besser zu gehen. Aber sie glaubte an das Glück. Darum war ich von ihrer Geschichte immer am meisten gerührt. Irgendwann würde auch für mich alles gut werden. Daran glaubte ich, nur wusste ich nicht, wie ich es schaffen sollte. Wie ich es anfangen sollte. Ich dachte immer nur, irgendwann sitze ich auch mal in einem schönen Haus mit hellen Räumen und garantiert nicht in einer Kellerwohnung. Hell und sauber würde alles sein. Irgendwann würde ich mal glücklich sein. Irgendwann.

Diese dunkelbraunen, verschmitzten Augen gingen mir nun nicht mehr aus dem Kopf. Für mich waren es die schönsten Augen, die ein Mann haben konnte. Jedes Mal, wenn ich an diese Augen dachte, musste ich schmunzeln. Es war ein schönes Gefühl. Dumm war nur, dass mir dieser Mann im Unternehmen immer wieder über den Weg lief. Es war einfach nicht gut für meine Konzentration und meine Fantasie, weil beides äußerst gerne der Realität enteilte.

Doch dieser Mann schien gar nicht zu ahnen, wie sehr er angehimmelt wurde. Für den Moment war das auch ganz gut so. Meine Mitstreiterinnen hatten somit ein Thema für die Mittagspause und machten sich lustig über mich. Genau wie damals, wie bei meinem heißgeliebten Religionslehrer, war es mir völlig egal, was die anderen sagten. In meiner Fantasie war ich bereits seine Prinzessin. Nur für eine Nacht, das würde mir reichen. Er würde sich unsterblich in mich verlieben. Sein

58

halbes Leben hatte er bereits auf mich gewartet. Es hämmerte in meinem Hirn, in meinem Herzen und in meinem Bauch.

Wenn ich die Pause durchgeträumt hatte, holte mich die Realität wieder ein. In Wahrheit würde es sicher ganz anders sein. Vielleicht war er verheiratet und hatte bereits Kinder. Aber auch das war mir in diesen Momenten egal. Ich blendete einfach aus, was mir nicht guttat.

Er ließ sich nichts anmerken, besser gesagt, er nahm keine Notiz von mir. Was für mein Selbstwertgefühl, das im Grunde nicht existierte, ein gefundenes Fressen war. Die negativen Stimmen in meinem Kopf sorgten dafür, dass ich die Bodenhaftung nicht verlor.

So schritt die Qualifizierungsmaßnahme vorwärts und ein neues Praktikum stand an. Ich wurde in die Postverarbeitung des Unternehmens entsandt. In der Abteilung wurde ich vorgestellt und wer bis jetzt nicht an das Schicksal glaubt, der wird jetzt eines Besseren belehrt. Als ich mich bei den Kollegen umsah, stand er plötzlich wieder vor mir: mein Prinz. Braungebrannt, dunkle Augen, verschmitztes Lachen. Mein Herz. Ich glaube, es war mir in den vergangenen Tagen gelungen, realistisch in die Welt zu sehen, und nun das. Ganz ehrlich: Ich kann mich an nichts mehr aus dieser Zeit erinnern, außer daran, dass er in dieser Abteilung gearbeitet hat und ich täglich gestorben bin, so verknallt war ich. Die drei Wochen Praktikum war ich hauptsächlich damit beschäftigt, für meinen Prinzen gut auszusehen. Das war nicht leicht, denn ich war ein unauffälliges Mädchen. Ich fand an mir nichts attraktiv und mein Traummann schien es nicht anders zu sehen.

Die neun Monate der Qualifizierung vergingen für mich sehr schnell. Zu Hause lief es bei mir mehr schlecht als recht. Bald sollte mein Bruder auch wieder arbeiten gehen. Richtig gut ging es ihm mit seinem schwer verletzten Bein jedoch nicht. Meine Schwester war leider sehr unglücklich im Wohnheim, so dass wir sie regelmäßig besuchten und abholten. Dann war sie immer froh, und wenn es nach Hause ging, war sie wieder sehr traurig. Mit dieser Situation und den dazugehörigen Gefühlen wurde ich jedoch sehr alleine gelassen, da ich sie zu verantworten hatte. Ich musste lernen, mit dieser Schuld umzugehen, auch wenn mir jedes Mal schlecht war, wenn wir sie zurückbrachten. Da war sie wieder, die Stimme in meinem Kopf: Ich bin schuld! Die Stimme war leiser geworden, doch verstummt war sie noch nicht.

Das Praktikum endete. Wir waren so auf das vorbereitet worden, was in der Berufswelt auf uns wartete, dass wir nun mit Kusshand eine Ausbildungsstelle bekamen. Ich hatte mich in Stadtmitte als Bürogehilfin bei einem Steuerberater beworben und war guter Dinge. Meinen Traummann hatte ich aus den Augen verloren. Leider. Aber ich musste mich nun auf meine Ausbildung vorbereiten. Mittlerweile traf ich mich auch regelmäßig mit alten Schulkameraden. Mein Leben schien langsam Formen anzunehmen. An einem Abend, den ich zusammen mit einem Mädel verbrachte, lag vor mir eine Frauenzeitschrift, dort stand: »Finden Sie Ihren Traummann bei uns. Nutzen Sie unseren kostenlosen Vermittlungsservice.« In einer Bierlaune kreuzte ich den Traummann an, den es so natürlich nicht gab. Aber in meiner Fantasie war alles möglich. Verdammt dumm an der Sache war nur, dass meine Bekannte diesen Ankreuzbogen wegschickte.

Eine Woche später erhielt ich die ersten Anrufe und wusste gar nicht, wie mir geschah. Doch es schmeichelte meiner Seele, dass sich so viele Männer für mich interessierten. Ich war 17 Jahre jung, sehr einsam, viel zu gutgläubig und mein Herz in 1000 Stücke gebrochen. Einer dieser Männer, die sich bei mir meldeten, war am Telefon sehr lustig, und es machte mir Spaß, mit ihm zu reden. Ich glaube, an einem Tag telefonierten wir vier Stunden miteinander. Bis zu dem Moment, wo er sagte: »Ich komme jetzt nach Duisburg und will dich kennenlernen.« Er kam aus Essen.

Völlig aufgeregt fuhr ich zum Hauptbahnhof und er sah ganz nett aus. Verliebt war ich nicht, aber einsam. Er hatte so ein leichtes Spiel mit mir, weil ich einfach auf der Suche war nach einem Menschen, der zu mir steht. Es ging alles sehr schnell, und ehe ich mich' versah, war ich nach nur drei Monaten mit ihm zusammengezogen.

Mein Vormund hatte mir den Rat gegeben, doch erst einmal alleine in eine Wohnung zu ziehen. Aber wie Mädchen mit 17 Jahren sind, machen sie genau das Gegenteil von dem, was ihnen geraten wird. Ich wollte einfach nur weg von zu Hause, weg von meinem Bruder. Ich fühlte mich groß und wollte raus aus meinem bisherigen Leben, hinein in etwas Neues. Leider sah ich in meiner Naivität nicht, wie dieser Mann, mit dem ich zusammengezogen war, wirklich war. Er trank sehr viel Alkohol und war, wenn er betrunken war, ein anderer Mann. Ein Mann, den ich hasste. Er rauchte irgendein Zeug und wenn er das rauchte, war er noch schlimmer, als wenn er Alkohol trank. Meine damalige beste Freundin verstand sich umso besser mit ihm. Sie rauchte ebenfalls so ein Zeug, trank sehr viel und hörte ähnliche Musik wie er. Heavy Metal war einfach nicht meine Welt. Das war jedoch nicht das Schlimmste. Ich war wohl zu normal, zu langweilig. Meine Freundin war im Vergleich zu mir hübscher, auffälliger, sie hatte schöne Augen und immer jede Menge Freunde um sich herum. Wenn überhaupt, trank ich mal ein Bier und rauchte Zigaretten. Das reichte mir völlig, denn was mir fehlte, konnte mir kein Mensch wiedergeben. Auch in dieser Hinsicht war ich ganz anders als mein Freund. Und wieder fühlte ich mich sehr einsam.

An einem Tag, als mein Freund von der Arbeit nach Hause kam, wollte er etwas Ordentliches zu essen haben. Da es heiß war, hatte ich einfach nur eine Schüssel Vanillepudding mit Johannisbeeren. Er zeigte sein wahres Gesicht und schrie mich an. Ich wusste gar nicht, warum er so war. Mit erhobener Hand rannte er hinter mir her und irgendwann fiel ihm eine der Porzellanpuppen in die Hand, die meine Mutter gesammelt hatte. Er nahm sie und warf sie hinter mir her. Ich konnte dem Geschoss ausweichen und die Puppe zerbarst in 1000 Stücke. Mittlerweile hatte ich mich im Wohnzimmer eingeschlossen und konnte von dort aus meinen Bruder anrufen. Als ich damals die elterliche Wohnung verlassen hatte und ihm den Rücken kehrte, war er wohl sehr gekränkt gewesen. Er hatte mir hinterhergerufen, wenn ich ginge, wäre die Tür für immer geschlossen. Trotzdem wählte ich seine Nummer. Ich schrie ins Telefon: »Hol mich hier raus!«

Knapp fünf Minuten später war mein Bruder von Homberg nach Ruhrort gefahren. Meine Liaison war von diesem Moment an für mich beendet, finanziell jedoch noch lange nicht. Beim Einzug mussten dieser Mann und ich natürlich einen Mietvertrag unterschreiben. Da ich noch keine 18 Jahre alt war, unterschrieb für mich mein Vormund. Deshalb waren wir auch beide für die Mietkosten verantwortlich. Mit meinen 17 Jahren wurde ich nun verklagt, für die Hälfte der noch ausstehenden Mieten aufzukommen. Wie ein Verbrecher wurde ich vors Gericht gezerrt. Ich schämte mich so sehr. Vor Gericht, ich, um Gottes willen. Gut, dass meine Mutter das nicht miterleben musste.

Weil ich keinen Rechtsanwalt bezahlen konnte, wurde mir

»Armenrecht« gewährt und ein Pflichtanwalt gestellt. Bitte lassen Sie sich dieses Wort mal auf der Zunge zergehen: Armenrecht. Jeder Buchstabe ist ein Schlag ins Gesicht. Und er bekam recht. Für meinen Ausflug in die Freiheit musste ich monatlich einen Betrag von 50,00 € bezahlen. Das war der Preis für meine Naivität.

Seit diesem Ereignis habe ich nie wieder Vanillepudding mit Johannisbeeren gegessen.

Ich glaube ganz fest daran, dass jeder Mensch mindestens einen Schutzengel an seiner Seite hat. In den schweren Zeiten, nach dem Tod meiner Mutter, hat mich ein Schutzengel beschützt, so dass ich trotz aller Sorgen und Nöte nicht vom ehrlichen und richtigen Lebensweg abkam. Abgesehen von dem Zwischenfall mit der Wohnung hat er mich immer beschützt. Hat mich alle Drogen übersehen lassen und hat mich nicht den Glauben an das Gute verlieren lassen.

Liebe II

In meiner Ausbildung fühlte ich mich nur bedingt wohl. Mir wurde jedoch von vielen Seiten der originelle Spruch beigebracht: Lehrjahre sind keine ... Na, Sie wissen schon. Ich war in dem Glauben, es gehörte dazu, wenn ich morgens zur Firma ging und Angst hatte, dass eine bestimmte Person das Büro betritt. Ebenfalls glaubte ich, es gehörte zu einer Ausbildung dazu, sich ausschimpfen zu lassen, wenn man einen Fehler gemacht hatte. Es war ja niemand an meiner Seite, der mir sagen konnte, dass dem nicht so ist. Also versuchte ich irgendwie, das alles zu ertragen.

Es war meine Aufgabe, morgens die Post aus unserem

Schließfach abzuholen. Das tat mir gut, da ich eine vorgegebene Zeit hatte, in der ich mich frei bewegen durfte. An einem Morgen lief mir ein sehr bekanntes und liebenswürdiges Gesicht über den Weg. Mittlerweile waren fast neun Monate vergangen und ich denke nicht, dass ich einen so großen Eindruck hinterlassen hatte. Er umso mehr. Der Mann mit dem verschmitzten Lächeln stand wieder vor mir. Der Mann, der mich während meines Praktikums im Unternehmen so sehr von der Arbeit abgelenkt hatte. Er lächelte mich an und ich war wieder hin und weg. Wir erzählten ganz kurz, wie es uns ergangen war in den vergangenen Monaten und tauschten unsere Rufnummern aus.

Immer wieder hatte ich an ihn gedacht. Erst recht, als ich mit diesem Tyrann zusammen war. Nur war ich schon so oft unglücklich verliebt gewesen, dass ich bereits darin geschult war, mich zu entlieben. Während meines Praktikums hatte er mit mir nur sehr wenige Worte gewechselt. Umso mehr war ich erfreut, dass wir uns nun mal auf ein Bier treffen würden. Mein Tag war gerettet. Egal, was heute geschehen sollte, es könnte mir nichts anhaben. Herrlich, dieses Gefühl.

Knapp eine Woche später hatten wir unser erstes Date. Wir trafen uns in der Stadt. Wir redeten viel und lange. Die Stimmung war gut, sehr gut, ehrlich gesagt, zu gut. Mitten in der Nacht fuhren wir zu ihm, einen Kaffee trinken. Den tranken wir dann auch. Die Situation war so, dass jetzt durchaus ein Kuss angebracht war. Sein Gesicht wurde ernst und er fing an, von unserem Altersunterschied und seiner Verantwortung mir gegenüber zu reden. Es war sehr lieb, doch in diesem Moment wollte ich alles – nur nicht von unserem Altersunterschied reden. So oft hatte mich meine Fantasie in diese Situation entführt. Es war zum Greifen nahe. Ich wollte ihn einfach nur küssen und legte ihm den Finger auf den Mund.

Am frühen Morgen fuhr ich mit einem Taxi nach Hause. Meine Gefühlswelt stand völlig auf dem Kopf. Es ging mir sehr gut. Einige Tage vergingen, bis wir uns wieder sahen. Es fühlte sich alles richtig an. Vorsichtig gingen wir die ersten gemeinsamen Schritte miteinander. Knapp drei Wochen nach unserem »richtigen« Kennenlernen fuhr er für 14 Tage in den Urlaub. Für mich war das eine ganz schlimme Zeit, denn ich glaubte, dass ich wieder verlieren würde, was ich nicht verlieren wollte. Heute weiß ich, dass 14 Tage keine Ewigkeit sind. Nur damals hatte ich keinerlei Selbstbewusstsein. Ich war nicht sicher und somit war ich mir auch nicht dieser Beziehung sicher. Nie hatte ich gelernt, dass ich ein tolles Mädchen war. Wie ein kleines Kind fühlte ich mich sehr schnell verletzt, alleine gelassen und verzweifelt. Das machte mich für Selbstkritik derartig empfänglich, dass ich hiermit noch viele Jahre kämpfen würde.

Um diese 14 Tage irgendwie zu überbrücken, machte ich das, was ich am besten konnte: meine Gefühle in Worte fassen und zu Papier bringen. Wann ich diese Gabe bekam, kann ich eigentlich nicht sagen. Doch bereits in der Schule wurde mir klar, dass ich, wenn ich schreibe, wesentlich sicherer und souveräner bin, als wenn ich versuche über mich zu reden.

Während dieses Urlaubs wurde uns beiden klar, dass unsere Gefühle mehr waren als eine flüchtige Liebelei. Als wir uns nach dem Urlaub wieder in den Armen hielten, war es ein Gefühl, dass es einfach passte. Egal, wie die Umstände waren. Es war stimmig und sollte so sein.

Ruhe

Von diesem Zeitpunkt an verbrachten wir so viel Zeit wie möglich miteinander. Er strahlte eine angenehme Ruhe aus, die ich sehr nötig hatte. Wie ein gejagtes Tier war ich in meinem Leben unterwegs gewesen. Mit offenen Armen fing er mich auf und beschützte mich von da an. Ich lernte seine Eltern kennen, und trotz des Umstandes, dass ich zwölf Jahre jünger als ihr Sohn war, nahmen sie mich in ihrer Familie auf.

Die ersten ruhigen Monate in meinem Leben vergingen. Sie taten mir gut. Die Normalität tat mir gut. Später sollte mir das von meinem Bruder als Spießigkeit vorgeworfen werden. Aber nicht umsonst war die Werbung eines großen Geldinstituts so erfolgreich, weil ein kleines Mädchen sagte, wenn sie groß wäre, wollte sie auch mal Spießer sein. Mein Herz schrie nach Spießigkeit, Friede, Freude und Eierkuchen. Ich lernte die Freunde und Bekannten meines Mannes kennen. Sie nahmen mich bedingungslos auf in ihren Kreis. Klaus und Moni, unsere gemeinsamen Freunde, waren die Ersten, die ich kennenlernte. Von allen Menschen in unserem Umkreis stellte sich unsere Freundschaft als die krisensicherste und beständigste heraus. Vielen Dank euch beiden. Egal, was das Schicksal für uns parat hatte, wir waren immer füreinander da, und so sollte es auch immer sein. Auch wenn ich immer das Küken sein würde.

Mittlerweile werde ich 40 Jahre, aber irgendwie werde ich noch immer als Jungspund angesehen. Besser so, als umgekehrt. Für mich als Mensch, der weder eine Kindheit noch eine Jugendzeit hatte, war es das größte Glück, in einer Familie und einem Freundeskreis so herzlich aufgenommen zu werden. Da ich keine Vorstellung davon hatte, wie mein Leben auszusehen hatte, orientierte ich mich an den Menschen in meiner Umgebung. Die Ruhe in meinem Leben tat mir sehr gut.

Alle jungen Mädchen orientieren sich ab einem gewissen Alter an ihren Freundinnen und der Umgebung. Das hat es in meinem Leben nie gegeben. Dafür hatte ich keine Zeit. Wenn ich meine Tochter heute sehe, die bald 16 Jahre alt wird, ist es für mich sehr faszinierend, wie sie das Leben lebt und erlebt. Sie lebt ihr Leben ganz anders als ich und ich bin froh, dass sie so unbeschwert erwachsen werden darf. So ist es mir heute möglich, mich über Dinge zu erfreuen, die meine Tochter als selbstverständlich erlebt. Aber das sehe ich auch mit gemischten Gefühlen, denn trotz aller Sicherheit und Ruhe, die mein Mädchen erleben darf, habe ich Sorge, dass ihr die Wertschätzung verloren geht. Das ist wirklich nicht leicht und ich hoffe, dass mir als Mutter dieser Spagat gelingt.

Ich habe viele intensive Erfahrungen in meinem Leben gemacht. Es gab bis zu meinem Mann niemanden, der versucht hat, mich vor schlechten Erfahrungen zu beschützen. Wie kann ich Ihnen das vermitteln? Ich versuche es mit dem Beispiel der heißen Herdplatte. In der Regel reicht es bei den meisten Kindern aus, wenn die Eltern ihnen sagen, dass sie nicht auf die Herdplatte fassen sollen, da diese sehr heiß wird und schlimme Schmerzen verursacht, wenn man sie anfasst. Natürlich gibt es Kinder, die sich lieber selbst davon überzeugen, um dann mit Angst, Schrecken und Schmerz festzustellen, dass die Eltern recht behielten. Ihnen bleibt jedoch etwas, was ich nie hatte, wenn mir so ein Unfall passierte: Eltern, die das weinende Kind in den Arm nehmen und trösten. Eltern, die sich um die körperliche oder seelische Verletzung kümmern. Meine Erfahrungen bestanden nur aus Unfällen. Es gab niemanden, der mich gewarnt, beraten und schlimmstenfalls auch mal ausgeschimpft hätte. Meine Erfahrungen waren oft unerträglich und schmerzhaft. Es gab keine Eltern, die mich nach dem Ausschimpfen wieder in den Arm genommen haben, um mir zu sagen, wie froh sie seien, dass mir nicht mehr passiert sei.

Veränderungen

Die folgenden Jahre waren eine Zeit, in der ich mich selbst kennenlernen musste. Mein bisheriges Leben hatte mich nur darin trainiert, auf die Bedürfnisse meiner Umwelt zu reagieren. Meine Bedürfnisse, Wünsche, Träume, Sehnsüchte und Empfindungen waren nicht da. Vielleicht waren sie irgendwo tief in mir, aber ich durfte sie nicht leben. Heute weiß ich das, damals wusste ich es noch nicht. Es waren Prozesse, die ich durchleben musste, nur wusste ich zu diesem Zeitpunkt noch nicht mit meinen Empfindungen umzugehen. Der erste und wichtigste Prozess war es, Ruhe in mein Leben zu bringen. Dabei hat mir die souveräne Art meines Mannes sehr geholfen. Nach den Jahren der Aufopferung spürte ich, wie gut mir die Sicherheit tat. Meine Ausbildung lief aufgrund des schlechten Arbeitsklimas nicht so gut, aber auch hier gab mir mein Mann unheimlich Kraft.

All die Jahre, in denen ich mich nur für andere aufgeopfert und nur existiert hatte, war ich mir selbst der fremdeste Mensch geworden. Jede Reaktion meiner Mutter konnte ich in Sekundenschnelle verarbeiten und wusste sie einzusortieren. Doch nun musste ich mich selbst kennenlernen. Also machte ich mich auf die Suche nach mir. Sehr bald spürte ich, dass mein bisheriges Leben tiefe Wunden in meiner Seele hinterlassen hatte. Je mehr der äußere Druck auf meine Seele nachließ, desto größer wurde mein innerer Druck. In mir kamen Gefühle auf, die ich nicht kannte. In mir kam eine Wut hoch, ohne dass ich sie einordnen konnte. Je besser es mir an der Seite meines Mannes ging, desto schlechter fühlte ich mich in meiner Haut. Es hört sich unmöglich an, ich weiß, weil es völlig paradox war, und genau das wusste ich auch, und das machte mir noch mehr Druck. Meine innere Stimme warf mir Undankbarkeit und Dummheit vor. Diese Stimme konnte ich nicht zum Schweigen bringen. Mein Leben verlief um so vieles besser, harmonischer und glücklicher, deshalb ging es mir auch sehr bald schlecht – für mich scheinbar ohne Grund. Ich forschte nach der Ursache, nur war es mir damals noch nicht möglich, meine Gefühle einzuordnen. Dieses Gefühlschaos sollte mich noch weitere 15 Jahre begleiten.

Ausbildungsstationen

Nach meinem Vorbereitungsjahr in dem Duisburger Großunternehmen fing ich bei einem Steuerberater eine Ausbildung zur Bürogehilfin an. Leider gab es dort eine Mitarbeiterin, die ihre Lebensaufgabe darin sah, anderen Menschen das Leben schwer zu machen. Ich fühlte mich sehr schlecht und kündigte nach vier Monaten. Ich war noch zu schwach. Ich wollte mich jedoch nicht vom richtigen Weg abbringen lassen. Mit der festen Überzeugung und der Rückendeckung meines Mannes fing ich danach eine weitere Ausbildung als Bürogehilfin an, bei einem Spediteur in Duisburg, Neuenkamp. Ein Familienbetrieb, in dem ein Ehepaar meine Ausbildung übernahm. Leider war auch dieser Ausbildungsbetrieb nicht wirklich auf eine gute Ausbildung bedacht, sondern wollte nur einen Fußabtreter und einen Dummen für minderwertige Arbeiten. Mit meiner schwachen Seele und einem geringen Selbstbewusstsein war ich so klein, dass ich mit Hut unter der Tür durchlaufen konnte. Ein knappes Jahr habe ich wirklich versucht, meine Ausbildung in den Mittelpunkt zu stellen, und alles dazu beigetragen, dass mich meine Ausbilder einfach nur in Ruhe lassen. Ich bin mit ihrem Hund Gassi gegangen, zum Tierarzt gefahren und musste ihm jeden Morgen Brötchen mit Leberwurst schmieren. Wenn ich mich mit meinen Klassenkameraden in der Berufsschule unterhielt, war mir klar, dass ich so nie meine Ausbildung mit Erfolg würde abschließen können. Mir wurden keine Dinge vermittelt, sondern zugeschrien. Meinen Schreibmaschinenkursus habe ich selbst bezahlt. In Stenografie kam ich nur sehr schlecht mit. Die Schnellschrift war eigentlich für Rechtshänder ausgelegt, und sosehr ich es versuchte, kam ich als Linkshänderin nur schlecht mit. Schnelligkeit konnte ich eigentlich nur über einen zusätzlichen Abendkursus erreichen. Also fragte ich meinen Ausbilder, ob er sich an den 100,00 DM für den Kursus beteiligen könnte. Er tat es nicht. Er sagte, dass ich zuerst den von ihm angeordneten Englischkursus beenden müsse. Mit Wirtschaftsenglisch tat ich mich wirklich schwer und mein Stenokurs hätte mir viel mehr geholfen. Also bezahlte ich diesen Kursus ebenfalls alleine.

Zum Glück stand mir mein Mann auch finanziell immer zur Seite. Er schätzte und unterstützte mein Bestreben, endlich eine Ausbildung zu Ende zu bringen. Nun war ich vier Tage in der Woche in Kursen unterwegs. Es war anstrengend, denn meine Arbeitszeit war nicht geregelt. Mal konnte ich um 17.00 Uhr gehen, ein anderes Mal erst um 19.00 Uhr. Mir ging es körperlich wieder schlechter. Mit Übelkeit ging ich zur Firma und freute mich, wenn ich in die Berufsschule durfte. Außerdem waren meine Selbstzweifel wieder da. Eine Stimme in mir schrie mich an: »Du bist zu blöd. Alle anderen sind längst fertig und arbeiten. Du bist selbst schuld, dass sie dich fertigmachen.« Je mehr ich versuchte, keine Fehler zu machen, desto mehr Fehler machte ich. Am liebsten schrieb ich mit der Schreibmaschine, nur musste ich fürchterlich aufpassen, dass ich mich nicht so oft vertippte. Denn abends ging mein Chef an meinen Mülleimer und fand einen neuen Grund, mich fertigzumachen. Er suchte nach Fehlern und fand sie bei mir. Es war eine schlimme Zeit.

Eines Tages wandte ich mich an meinen Lehrer, und er gab mir den dringenden Rat, mich an die IHK zu wenden, da ich mittlerweile dazu gezwungen wurde, Aushilfslohnquittungen mit irgendwelchen Namen auszufüllen. Ich tat alles, nur damit sie mich in Ruhe ließen. Erst heute weiß ich, dass das strafbar war. Bei der IHK geriet ich an einen sehr verständnisvollen Herrn, der mich darum bat, meinen Ausbilder anzuzeigen. Er war auf meiner Seite und vor allen Dingen gab er mir das Gefühl, dass nicht ich Schuld hatte an meiner Situation. Eigentlich wollte ich nur meine Ausbildung machen, um dann woanders anfangen zu können. Noch ein knappes Jahr würde ich schon irgendwie schaffen, so sagte ich mir.

Rückblickend hinterließen dieser Ausbildungsbetrieb und der davor bei mir tiefe Spuren. Nicht in Form von unheilbaren Schäden, sondern in mir wurde eine Stimme laut, sie sagte, dass ich nie in meinem Leben irgendeinen Menschen solchem Druck aussetzen würde. Nie im Leben. Damals, mit knapp 20 Jahren, schwor ich mir Folgendes: Für den Fall, dass ich jemals mit Menschen arbeiten würde, würde ich sie immer mit offenen Armen empfangen. Niemals würde ich meine Macht ausnutzen. Ich schwor mir, alle Menschen unvoreingenommen und offen zu behandeln. Ich bin stolz darauf, dass ich mir diesbezüglich immer treu geblieben bin.

Chance I

Dank der festen Überzeugung, dass ich mein Ziel erreichen, irgendwann die Ausbildung zur Bürogehilfin bestehen würde, ließ ich mich nicht unterkriegen. An einem Tag erfuhren wir von unserem Berufsschullehrer, dass eine Klassenkameradin nicht kommen würde, da sie entlassen worden war, weil sie in den Geschäftsräumen eine Fete gefeiert hatte. Wir bekamen diese Info als Mahnung. Und wir waren fassungslos über so viel Dummheit. Es war ausgerechnet das Mädel, das die beste Ausbildungsstelle von allen hatte, bei einer Krankenkasse in Duisburg. Ich hatte mich ebenfalls dort beworben, doch ich bekam eine Absage. Das war damals natürlich wieder Nahrung für die böse Stimme in mir gewesen: »Du bist einfach zu blöd. Keiner will dich, keiner braucht dich«, sagte sie. Und wie immer konnte ich ihr nur beipflichten.

Das war im März 1989. Ich kann mich sehr gut an diesen Tag erinnern, denn es war der erste Tag in meinem Leben, an dem ich auch eine Stimme in mir hörte, die nicht mit mir schimpfte. Sie sagte mir ruhig, aber energisch: »Du gehst in der Pause zur Telefonzelle, rufst bei der Krankenkasse an und fragst, ob du deine Ausbildung dort beenden kannst. Ohne auch nur eine Sekunde darüber nachzudenken, machte ich es so. Ich war irritiert von diesem sicheren Gefühl, das ich hatte, während ich zur Telefonzelle lief.

Dem Herrn am Telefon der Krankenkasse erzählte ich, wie ich erfahren hatte, dass der Auszubildenden gekündigt wurde. Er fragte mich als Erstes, ob ich mit der Klassenkameradin engeren Kontakt hätte. Ich verneinte das, denn die Mädchen in meiner Klasse waren alle gefühlsmäßig weit weg von mir. Wir hatten keine Themen, die uns verbanden. Ich beantwortete seine Fragen präzise und souverän. Der Herr sagte mir, dass ich noch heute meine Bewerbungsunterlagen fertig machen und vorbeibringen sollte. So verblieben wir, und nach dem Telefonat fing ich an, am ganzen Körper zu zittern. Es war die Aufregung, die sich in diesem Moment zu entladen schien.

Meine Frühstückspause war vorbei. Mit einem unglaublichen Gefühl ging ich zurück zur Schule. Es war ein schöner Tag und nichts konnte mich betrüben. Ich spürte, dass es einfach nur gut gewesen war, dort anzurufen. Ich konnte kaum erwarten, meinem Mann von dieser Neuigkeit zu erzählen. Im Gegensatz zu mir war er ein wenig skeptisch, ob das der richtige Schritt sei, noch einmal die Firma zu wechseln. Seine Bedenken konnte ich zwar verstehen, aber in mir war ein Gefühl, dem ich nicht entgehen konnte und wollte. Mein Ziel war es, diese Stelle zu bekommen!

Fragen Sie mich nicht, wie es kam, aber eine Woche später klingelte abends das Telefon. Dran war der Geschäftsstellenleiter der Krankenkasse. Mir zitterten die Hände, denn ich kannte seinen Namen noch aus der alten Bewerbung. Wir telefonierten eine ganze Zeit. Mich irritierte völlig, als er dann sagte, dass er mich gerne schon im Vorjahr zu einem Vorstellungsgespräch einladen wollte. Nur weil ich telefonisch nicht zu erreichen war, hatte er mir eine Absage geschickt. In diesem Moment war ich abgelenkt von meinen Gedanken und besonders von der guten Stimme in mir, die der bösen soeben den Marsch blies. Es war ein stetiger Kampf zwischen dem Engel und dem Teufel in meinem Kopf. In einer Hundertstelsekunde schossen mir Gedanken durch den Kopf, wie es dazu hatte kommen können. Dann fiel es mir ein: In der Berufsberatung bekamen wir für unsere Bewerbungen den Rat, auch wenn wir nicht mehr zu Hause wohnen würden, trotzdem die Rufnummer von zu Hause anzugeben. Es würde einfach einen besseren Eindruck machen. Nur vergaß ich bei dieser Sache, dass bei mir zu Hause außer mir nur noch mein Bruder zu erreichen war, und der hatte Wechselschicht. Mein Gott, war ich naiv! Es brachte jedoch nichts, den vergangenen Dingen nachzuhängen. Damit hatte mich die Gegenwart zurück und wir vereinbarten einen Termin für ein Vorstellungsgespräch.

Eine Woche später war ich zusammen mit zwei anderen Mädels eingeladen. Wir mussten ein paar praktische Übungen an der Schreibmaschine und mit dem Stenoblock machen. Die Deutschkenntnisse wurden mit einem Diktat überprüft und ein persönliches Gespräch mit dem Chef bildete den Abschluss. Er war sehr groß, schlank, Mitte 40, hatte graue Haare und trug eine Brille, ganz vorne auf der Nase. Jedes Mal, wenn er mit uns direkt sprach, schaute er über diese Brille hinweg. Er war sympathisch und wir hatten sofort einen hervorragenden Draht zueinander. Er spürte meine Nervosität und sah in meinen Augen den festen Willen, diese Ausbildungsstelle zu bekommen. Wir kamen auf das Thema Hobbys. Ich erzählte ihm, dass ich gerne zeichne und schreibe. Etwas blitzte in seinen Augen auf und wir redeten eine ganze Weile übers Malen, denn das war auch sein Hobby. Perfekt!

Absolut professionell verabschiedete er uns drei. Mit einem guten Gefühl ging ich nach Hause, obwohl ich mir angesichts

74

der Konkurrenz nur wenig Hoffnung machte. Eine der beiden anderen Bewerberinnen war eine Studentin und die andere hatte Abitur. Ich hatte einen Hauptschulabschluss, und als wäre das nicht schon schlimm genug, auch noch mit Noten aus dem Zwischenzeugnis. Knapp eine Woche später erhielt ich die Nachricht, dass ich meine Ausbildung bei der Krankenkasse als Bürogehilfin machen dürfte. Mit 21 Jahren fing ich nochmals bei null an, aber ich hatte ein starkes Gefühl in mir, so stark, dass ich über mich hinauswuchs. Meine innere Stimme und ich waren endlich ein Team geworden! Nach 21 Jahren! Hunderte von Türen waren bis dahin für mich geschlossen gewesen, und nun fand ich eine Tür, die offen war. Zum ersten Mal in meinem Leben hatte ich mir etwas mehr zugetraut. Damals wusste ich noch nicht, welche Fähigkeiten in mir schlummern. Woher denn auch? Doch meine Wut, meine Unzufriedenheit und meine Selbstzweifel verstummten ein wenig nach diesem für mich grandiosen Erfolg.

Auf meine Frage, warum ich eingestellt wurde und nicht eine von den beiden vermeintlich besseren Mitbewerbern, sagte mir mein Chef: »Sie hatten genauso wenig Fehler im Diktat wie die anderen beiden. Abgesehen davon wollten wir Sie schon im vergangenen Jahr einstellen.«

Völlig fasziniert von meinem Glück hörte ich bei der suspekten Spedition auf. Zwar musste ich meine Ausbildung komplett neu beginnen, aber mein gutes Gefühl beflügelte mich, und ich war mir sicher, dass es dieses Mal gelingen würde. Mir ging es gesundheitlich sofort besser, als hätte man mir eine schwere Last abgenommen. Viele Monate vor meiner eigentlichen Ausbildung half ich schon im Betrieb und tat das, was ich am besten kann: schreiben! Ich sprühte vor Energie und in kurzer Zeit hatte ich mich in meinen neuen Beruf eingearbeitet. Als die Berufsschule begann, konnte ich mein Wissen aus der Berufsschulzeit der anderen Ausbildungsbetriebe nutzen und entwickelte mich zum Überflieger. Meine Noten lagen im oberen Bereich und ich fühlte mich wohl. Beruflich und privat entwickelte sich mein Leben hervorragend. Nur ganz selten ging es mir schlecht, nur dann, wenn mich die tiefe Trauer einholte. Ich fing an, den Tod meiner Mutter in Form von Gedichten zu verarbeiten. Es war mir möglich, meine Gefühle in Worte zu fassen. Sie spiegelten meine Seele und meine Gedanken wieder. Da ich immer recht früh in der Schule war, nutzte ich die Zeit für mich und mein Schreiben. In den zwei Jahren meiner Berufsausbildung entstanden viele Gedichte. Ich spürte, dass ich mir beim Schreiben sehr nahe sein konnte. Irgendwann fing ich an, mein Gesicht zu meinen Gedichten zu malen. Es half mir, den Tod meiner Mutter zu verarbeiten.

In meinem Leben gab es keinen Menschen, der nachvollziehen konnte, wie es in meiner Gefühlswelt aussah. Sosehr sich mein Mann bemühte, Verständnis für mich aufzubringen, schaffte ich es nicht, meine Kindheit und den Verlust meiner Mutter zu verarbeiten.

Viele Jahre später nahm ich mir mein Ringbuch mit meinen Gedichten zu Hand und musste fürchterlich weinen. Meine ganze Verzweiflung in dieser Zeit steckt in jedem einzelnen Buchstaben und in jeder Zeichnung. Es war damals das einzige Mittel, das mir zur Verfügung stand.

Aufarbeitung

Beruflich konnte ich mich wirklich nicht beklagen. Privat festigte sich meine Beziehung. Trotz der Dankbarkeit für meinen Bekanntenkreis, der im Schnitt zehn Jahre älter war als ich, fühlte ich auch das Bedürfnis, einfach jung zu sein. Ich verglich mich permanent mit den Frauen in meinem Freundeskreis und versuchte mich anzupassen, so zu sein wie sie. Sie waren »Erwachsene«, die bereits 15 Jahre Arbeit hinter sich hatten, und ich war in der Berufsausbildung. Ich führte zwei Leben in einem. In mir war das junge Mädchen, das sich startklar machte für die Berufswelt, mit allem, was dazugehört, Berufsschule, Lernen, Zusatzunterricht. Und danach führte ich das Leben einer erwachsenen Frau, die einen Haushalt schmeißen und für ihren Mann da sein wollte. Wieder fühlte sich in meinem Leben etwas falsch an. Wieder war die mahnende Stimme: »Und wo bleibst du?« Aber ich ließ sie gar nicht erst zu Worte kommen und hoffte, sie würde irgendwann Ruhe geben, wenn ich sie nur lange genug verdrängte.

Mein ganzes Leben war bis dahin so auffällig, dass ich mich am liebsten in eine graue Maus verwandelt hätte, und ohne es zu bemerken, tat ich es auch. Im ständigen Kampf mit mir und meinen Gefühlen spürte ich wieder nicht, dass ich meine eigenen Grenzen missachtete. Allen wollte ich beweisen, das ich diesen Spagat hinbekam, vor allen Dingen mir selbst. Ich erwartete von mir 150 Prozent und verlangte von meiner inneren Stimme keinen Widerspruch. In mir war so viel ungenutzter Ehrgeiz und ich versuchte die beste Freundin, Frau, Schwiegertochter, Bekannte und Auszubildende zu sein. Nach außen konnte ich dieses Bild vermitteln, doch in mir sah es ganz anders aus. Je mehr Ziele ich erreichte, desto unendlicher waren meine Traurigkeit und meine Unzufriedenheit. Damals verstand ich noch nicht, dass ich eines in mir noch nicht gefunden hatte – Lebensfreude.

Nach vielen Versuchen absolvierte ich nach zwei Jahren erfolgreich meine Berufsausbildung und arbeitete im Anschluss daran in einem Großunternehmen. Wenn neue Dinge in mein Leben kamen, konzentrierte ich mich auf sie. Erfolgreich gelang es mir, das andere Ich in mir zu verstecken. Für Außenstehende sah es so aus, als würden meine schlimmsten Jahre hinter mir liegen. Sie ahnten nicht, wie oft ich weinte und mein Mann nicht mehr wusste, wie er mich aufbauen sollte. Zwar wurden diese Abstürze seltener, hielten dafür aber länger an. Manchmal ging es mir auch richtig gut und ich konnte mich an dem, was ich geschafft hatte, erfreuen. Für meinen Mann waren das – so glaube ich – die schönsten Momente. Mit viel Vorsicht genoss ich die Zeit, in der es ruhig war. Ich hatte Angst, wenn es mir zu gut ging oder ich zu glücklich war, dass das Schicksal wieder zuschlägt.

Mit den ruhigen Zeiten in meinem Leben kam ein völlig neues Problem, das ich bis dahin nicht gekannt hatte – Übergewicht. Aus einem vom Leben »ausgehungerten« und körperlich untergewichtigen Mädchen wurde in kürzester Zeit eine junge Frau mit Rundungen. Für mich ohne ersichtlichen Grund nahm ich unaufhörlich zu. Es gab nur zwei Dinge, die ich im Gegensatz zu vorher hatte: Nestwärme und regelmäßige Mahlzeiten. Es war schrecklich für mich, denn erst als ich dicker wurde, spürte ich, wie wenig Achtung ich meinem Körper und meiner schönen Figur gewidmet hatte. Ich hatte sie einfach so hingenommen. Prompt war sie wieder da, die Stimme in meinem Kopf, jetzt warf sie mir mangelnde Disziplin und Bewegung vor. Immer dann, wenn es mir so-

78

wieso schon schlecht ging, konnte ich diese Stimme nicht zum Schweigen bringen. Täglich stand ich vor dem Spiegel und konnte an mir nichts Schönes mehr finden. Ich fing an, mich mit jeder Frau zu vergleichen, und alle waren meiner Meinung nach dünner. Ich hatte den dicksten Hintern, die breitesten Oberschenkel und ein Kreuz wie ein Brecher.

Die Liebe zu meinem Mann war durch meine schwere Kindheit geprägt. Es war nicht immer leicht für meinen Mann, aber auch nicht für mich. Denn ich konnte meine Emotionen noch nicht einordnen und mich nicht richtig mitteilen. Unsere Liebe hat uns jede Menge Kraft gekostet, aber auch fit gehalten, da sie ab und zu einer Achterbahn glich. Mittlerweile war ich 22 Jahre und mein Mann Mitte 30. Er hatte im Namen unserer Liebe alles getan, damit wir eine grundsolide Basis für unser künftiges Leben hatten. Ich war noch so unsicher und mit Selbstzweifeln behaftet, dass ich bis zu diesem Zeitpunkt nicht wirklich viel dazu beitragen konnte. Danke, Schatz, an dieser Stelle, dass du mich so bedingungslos mit in dein Leben genommen hast.

Braut

Im Mai 1992 wollte mein Mann mich zum Traualtar führen. Zum allerersten Mal in meinem Leben drehte sich alles um mich! Die Braut, der Bräutigam, die Hochzeit. Heiraten, ich, mit allem Zipp und Zapp. Wer mich kennt, weiß, wie romantisch ich bin. Also stürzte ich mich in die Vorbereitungen für unsere Hochzeit. Trotz aller Freude weinte ich sehr viel. Meine Mutter fehlte mir einfach an allen Ecken und Enden, ein Brautkleid aussuchen, die Planung für die Hochzeit, einfach mal eine ruhige Hand, die mir gezeigt hätte: Alles wird gut. Gerade in dieser Zeit gibt es für eine junge Frau nichts Wichtigeres als die eigene Mutter. Sie fehlte mir so sehr. Ich hätte mein Leben dafür gegeben, dass sie an meiner Seite ist. Doch ich musste ohne ihre helfende Hand den schönsten Tag meines Lebens verbringen.

Es wurde eine Märchenhochzeit. Alles war da, was ich mir hätte wünschen können. Ein wunderschönes Kleid, ein gut aussehender Bräutigam, ein alter Bentley und eine schöne Hochzeitsfeier. Alles war gut, nur eines fehlte: meine Mutter. Irgendwann schaute ich in den Himmel und wartete auf ein Zeichen. Und ich glaubte zu spüren, dass sie bei mir war. Sehen konnte ich nichts, nur fühlen.

Nach der Hochzeit verlebten wir absolut wunderbare Flitterwochen in Florida. Zurückblickend würde ich diese Zeit gerne noch einmal erleben. Heute könnte ich das alles ganz anders genießen. Viel intensiver. Wenn ich an die Flitterwochen denke, weiß mein Verstand zwar, dass ich sie erlebt habe, doch in meinem Gefühl und meinem Herzen existieren diese Erlebnisse wie in Watte gepackt. Das finde ich unheimlich schade.

Ich wuchs in meine Rolle als Ehefrau hinein. Mit meinen 22 Jahren hatte ich gelernt, dass es eine zweite Sandra gibt. Eine, die tiefe Traurigkeit in sich trägt. Wenn diese mich einholte, konnte ich ihr nichts entgegensetzen. Sie kam, blieb und ging. Doch mein geregeltes Leben und meine Arbeit sorgten für eine Balance, die ich vorher nie hatte.

Mädchen

Als sich Alina im Dezember 1992 in Form von Übelkeit meldete, spürte ich in mir eine neue Ruhe. Ich glaubte fest daran, dass mir mein Mädchen von Gott geschickt wurde. Sie war genau am Todestag meiner Mutter ausgezählt!

Jetzt sind Sie dran! 365 Tage im Jahr hätte ich schwanger werden können, und ich werde so schwanger, dass ich in der Zeit, in der ich sonst viel weinte, mein Kind bekommen würde.

Mit 38 Jahren würde ich dann erfahren, dass ich wegen einer bestimmten Erkrankung eigentlich keine Kinder bekommen konnte. Mein behandelnder Arzt sagte, dass ich die einzige Frau sei, die er kannte, die mit meiner Erkrankung schwanger geworden wäre.

Ich glaube fest an Wunder. Unser Kind war und ist für die gesamte Familie ein Geschenk. Alinas Großeltern hatten sicher nicht mehr damit gerechnet, Großeltern zu werden. Wir freuten uns unheimlich auf unser Kind. Obwohl mich manchmal eine ungeheure Angst beschlich, ob ich alles richtig machen würde. Das allerwichtigste Ziel für mich war, dass unser Kind eine absolut glückliche und unbeschwerte Kindheit erlebt. Dafür würden wir alles tun.

Lebensinhalt

Alina wurde für uns – speziell jedoch für mich – ein neuer und wichtiger Lebensinhalt. Mit ihren großen braunen Kulleraugen und ihrem pechschwarzen Wuschelkopf gelang es ihr, mich zum Lachen zu bringen. Wenn ich mein Mädchen ansah, ging mir mein Herz auf. Manchmal, wenn mich meine alte Traurigkeit einholte, vielleicht weil ich glaubte, nicht gut genug zu sein, strahlte sie mich an, und dann war mir klar: Alles ist gut, wie es ist. Die kleine Maus zeigte uns oft lauthals, was wir machen sollten. Und wenn man erst einmal die Sprache der Babys versteht, weiß man, was richtig und falsch ist.

Eine perfekte Familie würden wir unserem Kind sein. Jede Menge Harmonie, Frieden, Liebe und ganz viel Ruhe sollte es von uns erhalten, damit es ein starker, liebevoller und zuversichtlicher Mensch wird. Alina sollte all die Ruhe bekommen, die ich nie hatte.

Sehr schnell spürte ich, dass meine Jugend, die ich in Angst um meine Mutter verbracht hatte, mich einholte. Wenn Alina krank war, machte mir das sehr zu schaffen. Ich glaubte so sehr, dass ich keine Sekunde schlafen dürfte, wenn sie krank war, dass ich es auch nicht tat. Die ersten Male stand ich komplett unter Hochstrom. Ich war fürchterlich müde, dämmerte aber nur vor mich hin. Bei der kleinsten Bewegung des Kindes saß ich gerade im Bett, aus Angst, ich könnte überhören, wenn sie mich braucht.

In dieser Zeit war mir mein Mann eine sehr große Hilfe, er hatte die nötige Ruhe, die auch auf mich ein wenig abfärbte. Er gab mir ein Gefühl dafür, wann ich normal reagierte und wann völlig überzogen.

Es ist wirklich nicht leicht, wenn die normalsten Dinge im Leben nicht normal gelaufen sind. Selbst die Reaktion, dass man auch ruhig mal schlafen kann, wenn das Kind auch schläft.

Meine Kindheit, die für mich so weit weg schien, war gefühlsmäßig also immer noch präsent. Mit ihr auch alle negativen und schrecklichen Gefühle.

82

Seit ich meinem Mädchen das Leben geschenkt hatte, war mein Herz voller Liebe. Ich hatte einen riesigen Nachholbedarf darin, meine Liebe schenken zu dürfen. Meiner Mutter hatte ich sie nicht schenken dürfen. Und auch wenn ich einen großen Teil meiner Liebe meinem Mann schenkte, hatte ich noch so viel mehr zu geben. Meine Tochter bekam von dem Moment ihrer Geburt an alle Liebe, die ich hatte. Und das ist ganz wichtig: Man kann einem Menschen nicht zu viel Liebe geben.

Mein Leben als Hausfrau und Mutter machte mir Spaß. Mein Alltag verlief zwar ganz anders als früher, aber ich hatte so viel Grund, glücklich zu sein, und war es auch. Trotzdem gab es noch diese Momente, in denen mich meine Traurigkeit einholte, aber sie wurden seltener. Weil ich einen kleinen Wirbelwind in meinem Leben hatte, der mich auf Trab hielt.

Kreislauf

Eines Nachts schlief Alina sehr unruhig. Schlafen war sowieso nicht ihre Leidenschaft, und es war normal, dass sie nachts lauthals nach uns rief. So auch in dieser Nacht. Nach mehrmaligem Quengeln stand ich auf, um ihren Schnuller zu suchen und ihr mit einer Streicheleinheit zu sagen, dass alles gut sei. Also nutzte ich die Schlafunterbrechung und ging ins Bad. Plötzlich wurde mir schlecht und ich hatte ein Flimmern vor den Augen. Ich fing an zu zittern und mir brach kalter Schweiß aus. Mein Herz raste und es gelang mir gerade noch, nach meinem Mann zu rufen. Doch plötzlich war irgendwie alles anders. Keine Übelkeit, kein Flimmern mehr. Ich fragte mich, was das gewesen war. Hatte ich geträumt? Mir war doch eben noch schlecht gewesen und jetzt war alles ruhig und dunkel. Mehr nicht, einfach nur nichts. Es war ein komisches Gefühl, denn ich hörte nichts, sah nichts und fühlte nichts. Komisch, aber ich hatte keine Angst. Angenehm warm war es, aber verdammt dunkel. Plötzlich wurde aus dieser schönen Stille ein fürchterlicher Lärm. Es war so laut, als würde direkt neben mir ein reißender Bach vorbeirauschen. Ich wollte mir die Ohren zuhalten, aber ich hatte keine Kraft. Ich wollte die Stille zurückhaben. Sie tat mir gut. Mir wurde wieder schlecht und ich spürte einen Schlag auf meine Wange. Ich hörte meinen Namen und versuchte Luft zu holen. Es ging nicht, ich hustete wie verrückt. Ich spürte ein fürchterliches Brennen im Hals, in der Nase. Zurück wollte ich, dorthin, wo es ruhig war. Es wurde hell und ich öffnete meine Augen. Vor mir stand mein Mann. Warum lag ich nur auf dem Boden?

Völlig irritiert versuchte ich aufzustehen. Ich hatte mich übergeben. Mein Mann war ganz aufgeregt. Langsam kam so etwas wie Erinnerung zurück. Mir war schlecht gewesen und dabei war ich wohl zusammengebrochen. Ich weinte, weil mir das alles peinlich war. Das Bad war verschmutzt, ich war verschmutzt und sagte nur: »Ich putz das schon weg.« Aber es ging gar nichts. Mein Mann half mir beim Waschen und Umziehen und brachte mich ins Bett. Er kümmerte sich um alles. Ich war völlig verwirrt, weil mir ein Zeitabschnitt fehlte. Und die Angst im Gesicht meines Mannes beunruhigte mich.

Als er neben mir lag, erzählte er mir, was geschehen war. Er sagte mir, dass ich ihn gerufen hätte, und danach hörte er einen Aufprall. Als er ins Bad kam, lag ich besinnungslos auf dem Boden und atmete wohl auch nicht mehr. Er schlug mir auf die Wangen, damit ich die Augen öffnete, und irgendwann atmete ich wieder.

84

Völlig schockiert von diesem Zwischenfall schlief ich irgendwann ein. Mir ging es noch ein, zwei Tage etwas schlecht, und dann ging ich zum Arzt, um die Ursache abzuklären. Ich ließ mich gründlich untersuchen, dabei wurde festgestellt, dass ich einen zu niedrigen Blutdruck hatte. Mit ein bisschen Sport sollte es mir aber gelingen, das wieder in den Griff zu bekommen. Mit 28 Jahren fing ich an, meinen Körper zu trainieren, und das ohne Atemprobleme, wie es mir aus meiner Kindheit in Erinnerung war. Es ging mir bereits nach einem halben Jahr gesundheitlich wesentlich besser.

Jenseits

Viele Jahre später wurde ich wieder mit diesem Zusammenbruch konfrontiert. Eines Abends schaute ich mir eine Dokumentation über Menschen an, die todesähnliche Erfahrungen gemacht hatten. Durch mein Leben und vielleicht auch immer mit einem Stück Hoffung verbunden, dass nach dem Tod noch irgendetwas ist, zogen mich solche Dokumentationen sehr in den Bann. Da sich mein Mann nicht für solche Themen interessierte, schaute ich sie mir alleine an und verfolgte die Geschichten dieser Menschen. Es war erstaunlich, was sie erzählten. Die einen hatten einen Unfall erlitten und konnten ihren Körper von außerhalb sehen, sahen, wie sie geborgen wurden, was die Ärzte mit ihnen anstellten. Diese Menschen beschrieben es so, als hätten sie einen Spielfilm gesehen. Sie konnten alles beobachten, obwohl sie schwer verletzt auf dem Boden lagen. Ein anderer lag im Operationssaal und sah, wie die Ärzte ihn mehrfach reanimierten, bis das Herz wieder schlug. Diese beiden Menschen beschrieben einen Tunnel mit hellem Licht und Engel kamen ihnen entgegen. Die Beschreibung des dritten Falles machte mir eine Gänsehaut. Was dieser Mann erlebt hatte, war dem sehr ähnlich, was ich damals bei meinem Zusammenbruch erlebt hatte. Es handelte sich um einen Motorradfahrer, der angefahren worden war. Er sah sich an der Unfallstelle liegen und hatte Unmengen an Verletzungen. Seine Verletzungen wurden behandelt und er schaute dabei zu, von oben, als würde er fliegen. Ihm wurde ein Tropf gelegt und Ärzte brachten ihn in den Krankenwagen. Dort hörte sein Herz auf zu schlagen. Der Motorradfahrer sah sich selbst beim Sterben zu. Die Ärzte reanimierten ihn und dann setzte sein Gefühl wieder ein. Er hörte plötzlich ein lautes Rauschen wie von Wasser. Er sagte, dass das Rauschen so unerträglich laut gewesen wäre, dass es ihm in den Ohren wehgetan hätte. Dann schlug sein Herz wieder und er war wieder in seinem Körper.

Mir lief es kalt den Rücken runter. Ich befürchte, dass es sich verrückt anhört, doch in diesem Moment wurde mir klar, dass ich bei meinem damaligen Zusammenbruch auf dem Weg ins Jenseits war. Dieses Ereignis machte mir nicht nur klar, dass es irgendwas »danach« gibt, sondern auch, wie schnell das Leben vorbei sein kann. Wie schnell ein Kind zur Halbwaise werden kann und ein Mann zum Witwer. Wenn ich damals nicht mehr wach geworden wäre, wäre mein Mann mit unserem sechs Monate alten Baby alleine gewesen und meiner Kleinen wäre ein ähnliches Schicksal widerfahren wie mir.

Das trieb mir die Tränen in die Augen und ließ mich erschaudern. Keiner meiner Ärzte hatte mir dieses laute Rauschen erklären können, das Gefühl der tiefen Ruhe, das ich hatte, und das Wiederkommen.

Seit diesem Zusammenbruch war ich ein anderer Mensch.

86

Dinge, die mir schwerfielen, fielen mir in den Schoß. Ich hatte eine noch intensivere Beziehung zu Gott, zu allen esoterischen, magischen, übersinnlichen Dingen entwickelt. Manchmal habe ich Fähigkeiten, die unglaublich sind – mir jedoch keine Angst mehr einjagen. Ich glaube ganz fest daran, dass jeder Mensch einen Schutzengel an seiner Seite hat, der ihn so lange beschützt, bis er seinen Sinn hier auf der Erde erfüllt hat. Darum müssen manchmal auch Kinder sterben, was fürchterlich ist. Meine Sicht auf das Leben veränderte sich zum Positiven. Mir ist klar geworden, dass es mehr zwischen Himmel und Erde gibt, als ich mir erhofft hatte. Vielleicht wartet meine Mutter wirklich als Engel Gottes auf mich, so wie ich es mir immer einredete, seit sie gestorben war.

Berufung

Unsere Tochter war ein aufmerksames und wissbegieriges Kind. Mir ist klar, dass das jede Mutter von ihrem Nachwuchs sagt, doch sie sog wirklich scheinbar alle Dinge und Ereignisse in sich auf. Ich war fasziniert davon, wie viel sie in ihrem kleinen Köpfchen speicherte. Obwohl mir eine ganze Menge an Fürsorge gefehlt hatte, versuchten wir unserem Kind das zu geben, was ich mir immer gewünscht hatte: Liebe, Zuwendung und Nestwärme. Wir wollten, dass dieses kleine Wunder spürt, dass wir sie mit all ihren Eigenheiten lieben und dass sich daran nie etwas ändern würde.

Unsere Tochter wuchs genau so auf, wie wir es uns für sie wünschten. Speziell für mich gab es nichts Schöneres, als sie in ihrem Zimmer spielen zu sehen. Sie lachte und sprach mit ihren Puppen, wahlweise auch mit ihren Anziehsachen. Sie lebte einfach unbeschwert, völlig frei von Ängsten und Sorgen, so wie es jedes Kind auf dieser Welt verdient hätte. Alina schaffte es, dass ich nur noch ganz selten diese Traurigkeit in mir fühlte.

Wir wurden ein Teil unseres Dörfchens. Alle Bewohner kannten sich, und die Menschen in unserem Dorf trafen sich regelmäßig auf Veranstaltungen, die rund um die Kinder stattfanden. Es war völlig klar, dass ich mich ebenfalls ehrenamtlich engagierte. Mein Kind sollte alles erleben können, was ich nicht hatte. Auch eine Mutter, die an Bastelabenden nicht fehlte. Und da ich schon immer sehr kreativ war, fiel mir nichts leichter als das.

Wiedereinstieg

Als Alina zirka fünf Jahre alt war, kam in mir das Bedürfnis nach einer neuen Herausforderung auf. Meine Tochter war im Kindergarten und mittags sehr häufig mit Freundinnen verabredet. Jeden Morgen einfach nur die Zeit bis zum Ende des Kindergartens mit Putzen zu überbrücken, wurde mir zu langweilig. Ich machte mich schlau, wie es um meinen Marktwert auf dem freien Arbeitsmarkt bestellt war. Ernüchtert stellte ich fest, dass ich ohne Kenntnisse von Word und Excel überhaupt keine Chance hatte. Dadurch ließ ich mich jedoch nicht von meinem Ziel abbringen. Schließlich war ich erst 28 Jahre jung und absolut gewillt, den Wiedereinstieg zu schaffen. Also informierte ich mich und erfuhr von einer Qualifizierungsmaßnahme speziell für Mütter, die wieder in den Beruf wollten.

Gesagt, getan, die folgenden acht Monate wurde ich mit

allem vertraut gemacht, was im Bürobereich gefordert wurde. Zusätzlich erhielt ich noch eine Aufwandsentschädigung. Besser ging es nicht. Nach anfänglichen Zweifeln, ob ich alles unter einen Hut bringen würde, startete ich ins Arbeitsleben.

Bei der Qualifizierungsmaßnahme war ich eine der jüngsten Frauen. Es war eine bunte Mischung von Persönlichkeiten und mich bereicherte der Umgang mit den verschiedenen Menschen. Acht Monate intensive Vorbereitung auf einen beruflichen Wiedereinstieg, Vorbereitung auf eine Zeit mit Familie und Beruf. Was sich einfacher anhört, als es dann letztendlich war. Der Spagat zwischen den Ansprüchen im Job und den Ansprüchen einer Familie ist nicht leicht. Professionell seine Arbeit zu erledigen, Überstunden zu leisten und auch die Familie im Griff zu haben, bedarf bester Organisation. Ich höre die Väter an dieser Stelle schon: »Wir haben doch das gleiche Problem.« Ich sage: »Nur bedingt.« Denn es sind meistens die Mütter, die nachts am Kinderbett sitzen, weil der Nachwuchs fiebert oder entzündete Mandeln hat. Es sind auch meistens die Mütter, die auf Standby fürs Kind stehen, wenn ein Magen-Darm-Infekt im Halbstundentakt darum bittet, Eimer, Waschlappen, Zäpfchen oder Tropfen gegen Übelkeit anzureichen. Zwischendurch noch daran denken, dass das kranke Kind nicht austrocknet, weshalb Zwieback, Tee, Cola, Salzstangen und Gummibärchen aus dem Ärmel zu zaubern sind. Als Mutter eignet man sich diese Fähigkeiten im Laufe der Jahre an. Nur können einen manchmal die jeweils besseren Hälften aus dem Konzept bringen, wenn sie von der Arbeit nach Hause kommen und dann eine sehr gut gelaunte, gepflegte Ehefrau erwarten. Männer, das geht gar nicht. Nach solch einer Nacht denkt eine Frau an alles – nur nicht an Sex. Da gehen die Vorstellungen leider sehr häufig auseinander.

Die Frau fühlt sich wie einmal durch den Fleischwolf gedreht und der Mann hat diesen einen Blick drauf, bei dem jede Ehefrau weiß, was er zu bedeuten hat. Und wenn eine Mutter auch noch arbeitet, schleppt sie sich zur Firma, obwohl sie, wenn überhaupt, nur wenige Stunden geschlafen hat, macht ihren Job mit wesentlich weniger Elan als sonst und ist nur froh, dass sie ihr Leben hat. Der Beruf Mutter wird heutzutage leider immer noch nicht ernst genommen. Leider.

Zurück zur Fortbildung. Es gab verschiedene Unterrichtsfächer, kaufmännisches Rechnen, Buchführung, Word, Excel und Rhetorik. Unter anderem wurden wir auch darin geschult, wie man lernt, Beruf und Familie unter einen Hut zu bekommen. Oder besser gesagt: wie man lernt, sich nicht zu überfordern. Es war ein kombiniertes Fach, in dem man auch in Rhetorik geschult wurde. Dieses Fach hat mir neben Word und Excel am besten gefallen.

Uns wurden viele Dinge vermittelt, unter anderem auch, wie wir uns optimal auf eine Präsentation vorbereiten. Die Rhetorik war für mich jedoch nicht nur fürs Berufsleben wichtig, sondern auch für mein Privatleben. Seit ich dieses Fach hatte, fällt mir auf, wie häufig Gespräche vom Thema abkommen. Schlimmer noch als vom Thema abzukommen, ist es aber, dass in vielen Gesprächen die Gesprächspartner die sachliche Ebene verlassen und auf der Gefühlsebene landen. Und das ist in der Regel Gift für jedes Gespräch. Die Kunst ist es, sachlich zu bleiben. Seitdem versuche ich, selbst bei den schwierigsten Gesprächen die Sachlichkeit im Auge zu behalten. Wobei ich gestehen muss, dass es auch Themen oder Menschen gibt, bei denen es mir einfach nicht gelingt. Aber: Shit happens, versuchen tu ich's trotzdem.

Alle Inhalte meiner Qualifizierungsmaßnahme waren mir wichtig, doch das Fach Rhetorik war für mich das allerwich-

90

tigste, weil ich davon so viel profitieren konnte, privat und beruflich.

Am Ende der Maßnahme, nach Ablegen von drei Prüfungen, sollten wir uns selbständig um einen Praktikumsplatz bemühen. Die beste Theorie nutzt nichts, wenn man sie nicht umsetzen kann. Zu verlieren hatten wir nichts, nur zu gewinnen, denn uns wurde Mut gemacht, dass wir durchaus eine Chance auf eine Anstellung hätten, wenn wir uns im Praktikum bewähren würden. Ich war Feuer und Flamme, wollte um jeden Preis zeigen, was ich mir erarbeitet hatte, und vor allen Dingen, was noch in mir steckte! Zum ersten Mal in meinem Leben war ich mir sicher, dass noch Hunderte von Fähigkeiten in mir schlummern und ich einfach nur eine Chance brauchte, um das zu zeigen.

Zu dieser Zeit lief im ZDF eine Serie mit dem Titel »Girlfriends«. Worum es in der Serie ging, ist eigentlich egal. Es gab in dieser Fernsehserie einen Hotelchef, der eine Seele von Mensch war – gespielt von Walter Sittler, den ich sehr mag. Er hatte die Aufgabe, eine Stelle im Hotel zu besetzen, und stand vor dem Problem, dass er für diesen Job eine Frau im Auge hatte, die alle Fähigkeiten besaß, nur eigentlich nicht die, die nach dem klassischen Einstellungsverfahren gefordert waren. Unter normalen Umständen würde diese Frau noch nicht einmal zu einem Vorstellungsgespräch eingeladen, da sie die geforderten Ausbildungsvoraussetzungen nicht erfüllte. Statt der gewünschten Kenntnisse hatte sie Fähigkeiten, die in keinem Anforderungsprofil stehen: Herz, Seele und Verstand. Der Hotelchef jedoch vertraute seinem Bauchgefühl und stellte diese Frau ein, die sich als Überflieger in diesem Hotel entwickelte und am Ende auch noch den Hotelchef heiratete. Happy End. Ne, wat is dat schön! Und ja, ich habe geheult.

Regelmäßig verfolgte ich diese Serie zusammen mit meinem Mann und schwärmte: »Ein Chef, der menschlich ist, der über den Tellerrand schaut, der Herz hat und auch bereit ist, es zu zeigen ... Wahnsinn!« Völlig fasziniert von diesem Chef, auch wenn es nur eine Rolle war, sagte ich an einem Abend: »Irgendwo auf dieser Welt gibt es auch so einen Chef für mich. Einen, der darauf achtet, ob jemand Herz hat und einfühlsam ist, auch wenn er nicht die besten Vorraussetzungen mitbringt, sich aber deshalb vielleicht besonders ins Zeug legt. Irgendwo auf dieser Welt gibt es diesen Chef für mich und ich werde ihn finden!«

Die Antwort meines Mannes war niederschmetternd und zugleich eine Herausforderung für mich. Er sagte, dass ich in einer Traumwelt leben würde und dass es solche Chefs nirgends gäbe. Am besten sollte ich mit dieser Einstellung zu Hause bleiben, damit ich nicht enttäuscht würde.

Einer von uns beiden würde recht behalten! Ich brannte darauf, mich auf die Suche zu machen.

Chance II

Mein Mann hatte regelmäßig dienstlich mit einer Krankenkasse im Stadtzentrum zu tun. Er fragte mich, ob er mal beim Vorstand dieser Kasse nachfragen solle, ob ich mein Praktikum nicht dort absolvieren könnte. Von dieser Idee war ich fasziniert, denn in meiner Berufsausbildung bei der Krankenkasse war mir klar geworden, wie viel Freude es mir bereitet, mit Menschen zu arbeiten. Zu gut konnte ich nachempfinden, wenn sie zur Krankenkasse kamen und um Hilfe baten. Mir fiel es bereits in der Ausbildung sehr leicht, auf andere Menschen einzugehen und für sie da zu sein. Leider konnte ich damals in diesem Bereich nicht übernommen werden und wollte nicht nur an der Schreibmaschine sitzen. Deshalb hatte ich mich schweren Herzens für eine andere Richtung entschieden.

Mein Mann sprach kurz mit dem Vorstand, der mir dann mitteilen ließ, dass ich mich bewerben sollte. An einem heißen Sommertag mitten im Juli hatte ich mein Vorstellungsgespräch bei der BKK. Es waren schlappe 30° C und ich hatte keine Ahnung, wie man sich dezent und luftig zugleich kleiden konnte. Ich entschied mich für die Variante luftig, nett, hellblaues Flatterkleid, kein tiefer Ausschnitt und vor allen Dingen kein Knallerauftritt. Aber egal, nervös war ich schon genug und ich wollte nicht auch noch vor Hitze zerfließen. Mein zweites Problem war mein Gesicht. Ich habe Neurodermitis, die im Sommer oft besonders schlimm ist, und gerade hatte ich einen Schub. Mein Gesicht sah aus wie ein Streuselkuchen, und da meine Haut auf Make-up noch gereizter wirkte, musste ich so, wie ich war, mit diesem Gesicht zum Gespräch. Am liebsten hätte ich mich verkrochen, doch ich wollte mich durch nichts aufhalten lassen – erst recht nicht von meiner Neurodermitis. Eine liebe Kollegin aus meiner Qualifizierungsmaßnahme baute mich an diesem Tag noch auf und sagte die folgenden Worte, die mich noch heute begleiten: »Sandra, du bist so ein toller Mensch. Wer dich nicht so nimmt, wie du bist, der hat dich nicht verdient.« Mein Mann machte mir ebenfalls noch Mut und sagte mir, dass der Vorstand ein Mensch wie du und ich sei. Aber ob der auch Leute wie du und ich mochte, die wie ein Streuselkuchen aussehen? Augen zu und durch!

Gestärkt von diesen Worten ging ich zu meinem Vorstellungsgespräch. Ich war angenehm aufgeregt, jedoch sehr verunsichert wegen meines Aussehens. Mir gingen folgende Sätze nicht aus dem Kopf: Entschuldigen Sie mein Aussehen, aber sonst sehe ich viel besser aus. Oder: Nein, haben Sie keine Angst, es handelt sich nicht um eine ansteckende Hauterkrankung. Eine andere Alternative war: Die Hautreinigungsmittel sind auch nicht mehr das, was sie früher einmal waren.

Als ich das Büro des Vorstandes betrat, hatte ich mir fest vorgenommen, kurz auf meinen Streuselkuchen im Gesicht einzugehen, damit ich diese Floskeln aus meinem Kopf bekam und mich auf das Gespräch konzentrieren konnte. Wir hatten im Bewerbungstraining gelernt, dass wir die Dinge kurz benennen, die uns verunsichern, damit sie aus dem Kopf sind.

Ich meldete mich bei einer Mitarbeiterin der BKK und wurde ins Sekretariat des Vorstandes begleitet. Mir wurde gesagt, dass ich am Sitzungstisch Platz nehmen sollte, und so betrat ich das Büro des Vorstandes. Es war ein großer Raum mit dunklen Möbeln. Der Vorstand saß an einem breiten Schreibtisch und telefonierte in seinem Bürosessel mit dem Rücken zu mir. Ich sah, wie er mit einer Hand andeutete, dass ich mich setzen sollte, also tat ich es. Mein Herz schlug so laut, dass ich glaubte, er würde es bis zu seinem Schreibtisch hören.

Nun war ich da, saß in meinem blauen Sommerkleid und zitterigen Händen im Büro des Vorstandes. Er hatte eine angenehme, warme Stimme. Seine Worte konnte und wollte ich nicht verstehen, da sie dem Telefonpartner gehörten. Aber die ruhige Stimme war sehr schön. Ich schaute mich um und entdeckte Bilder von Chagall. Die blauen Farben kühlten meine Gedanken. Oh Gott, dass Telefonat war zu Ende. Einmal tief ein- und ausatmen, und ab geht's! Ich wollte schon alle Floskeln bezüglich meines Aussehens runterrasseln, als dieser Mann sich mit seinem Chefsessel zu mir umdrehte. Er stand auf, reichte mir die Hand, und dann sah ich, dass er ein viel offensichtlicheres Problem im Gesicht hatte als ich!

Er begrüßte mich mit den Worten: »Bitte entschuldigen Sie mein Aussehen, ich bin gestern operiert worden und mein Gesicht ist noch sehr geschwollen.«

Das war wirklich nicht zu übersehen. Völlig verdattert nahm ich wieder Platz und meine Allergie war völlig egal geworden.

Der Herr war mittleren Alters, hatte nette Gesichtszüge, braune Augen und einen Vollbart. Irgendwie erinnerte er mich an den Weihnachtsmann. Er war wirklich so, wie mein Mann ihn mir beschrieben hatte: sehr nett, liebenswürdig, zuvorkommend, höflich, lustig und er war mir auf Anhieb sehr sympathisch. Wir redeten über meinen Werdegang und an welchem Punkt in der Qualifizierung wir gerade seien. Wie ich mir meine berufliche Laufbahn mit Kind vorstellen würde und vieles mehr. Es war ein sehr angenehmes Gespräch und wir gingen so auseinander, dass ich erst einmal mit meiner Familie in den Urlaub fahren sollte und mich dann im Oktober, gestärkt für die neuen Aufgaben, zum Dienst melde. Mit einem breiten Grinsen ging ich durch den Bürobereich Richtung Ausgang. Eine der Mitarbeiterinnen sprach mich beim Rausgehen an, ob ich ein Vorstellungsgespräch gehabt hätte. Vielleicht lief über meine Streuselkuchenstirn ein Laufband: Vorstellungsgespräch gehabt! Völlig aufgekratzt erzählte ich ihr, dass ich im Oktober mein Praktikum bei der BKK machen würde und ich mich unheimlich darauf freue.

Sie sagte: »Schön, dass Sie kommen, wir können jede Unterstützung brauchen!«

Sie war eine sehr nette Frau und vielen Dank an dieser Stelle dafür – du hast den guten Eindruck der BKK mit diesem Satz positiv abgerundet.

Praktikum

Voller Eifer stürzte ich mich dann einige Wochen später in mein Praktikum. In der Qualifizierung hatten wir alle Prüfungen abgelegt und waren nun völlig frei, um uns auf die Zeit im Praktikum zu konzentrieren. Hinein ins Berufsleben, mit Kind und Mann. Es machte mir einen ungeheuren Spaß, denn ich wurde in einem Bereich eingesetzt, den ich bereits aus der Ausbildung kannte und in dem ich relativ fit war. Schon nach kurzer Zeit war ich voll in meinem Element. Es tat mir sehr gut, dass ich auch mal andere Gespräche führen konnte. Zu Hause und mit Müttern spricht man sehr häufig immer über die gleichen Themen.

Natürlich änderte sich für unsere Familie eine ganze Menge. Ich war nicht mehr den ganzen Tag zu Hause, sondern nur eine Teilzeit-Hausfrau – der Begriff ist meine Erfindung. Es war schon eine große Umstellung, anfangs war ich mit mir noch sehr unzufrieden. Vor allem, weil ich abends sehr müde war, fast zu müde, um ins Bett zu gehen. Diese Unzufriedenheit hielt jedoch nur bis zum Einschlafen an und morgens sprang ich voller Freude aus dem Bett. Ich konnte meine Arbeitszeit so einrichten, dass ich in aller Ruhe meine kleine Maus in den Kindergarten bringen konnte und mittags auch abholen. Das Einzige, woran sich Alina gewöhnen musste, war, dass morgens nicht mehr unendlich Zeit zum Fertigmachen da war. Aber ich hatte irgendwo mal was von einer »Kleiderstraße« gelesen. Alle Kleidungsstücke werden in der Reihe des Anziehens hintereinandergelegt, so dass sich eine »Kleiderstraße« bildet. Das Schönste daran war, dass Alina ungeheuren Spaß daran entwickelte, ihre Straße abends selbst hinzulegen. So übernahm die kleine Maus ganz spielerisch bereits Verantwortung, und ich muss sagen, es klappte wunderbar. Heute ist sie 16 Jahre jung, die Kleiderstraße gibt es zwar nicht mehr, aber sie bereitet noch immer bereits abends viele Dinge vor, damit sie am Morgen für andere Sachen Zeit hat. Das sind heute natürlich andere Dinge als damals, aber sie sind mindestens genauso wichtig, zumindest für sie.

Mir machte das Praktikum unheimlich viel Spaß, da auch die Kollegen sehr nett waren. Es war eine tolle BKK und ich war mir sicher, dass ich von allen Teilnehmerinnen der Qualifizierungsmaßnahme die allernettesten Kollegen und die allerbesten Chefs hatte, und das im Doppelpack: Chefin und Chef!

Mein Mann spürte, dass ich mit jedem Tag ein Stück mehr meines Herzens an diese Firma verschenkte. Er wollte mich vor der Enttäuschung schützen und sagte mir immer wieder, dass ich nicht so viel Hoffnung und Herz in das Praktikum investieren sollte. Er wollte einfach nicht, dass ich zu sehr enttäuscht wurde, wenn es nur bei einem Praktikum bleiben sollte. Ich versicherte ihm, dass ich mich bemühte, kein Herzblut zu vergießen. Obwohl, wenn ich mich einmal für etwas begeistere, ist es verdammt schwer, meine Gedanken zu stoppen. Ich verdrängte den Gedanken, dass das Praktikum schon sehr bald vorbei sein würde.

50. Geburtstag

Im November stand der runde Geburtstag des Vorstandes an. Ich hatte nur am Rande etwas mitbekommen. Die Angestellten der Kasse trafen sich mehrmals, wenn der Chef außer Haus war, und probten in der Mittagspause ein Stück, was sie aufführen wollten. Es war sehr schön, das mit anzusehen, da ich jedoch keine Angestellte war, konnten die Kollegen nicht ahnen, dass ich gerne mitgeholfen hätte. Die ganze Krankenkasse stand kopf. Hier wurden Stuhle gerückt, da wurden Tische und eine Leinwand aufgebaut. Alle liefen wie aufgescheuchte Hühner herum. Der Vorstand würde erst gegen Mittag kommen und deshalb mussten sich alle beeilen.

Zwei Kollegen versuchten sich vergeblich daran, ein Geschenk schön zu verpacken. Irgendwann konnte ich dann nicht mehr an mich halten und fragte die beiden: »Kann ich Ihnen irgendwie helfen?«

Mit hoffnungsvollem Blick fragten sie nur: »Können Sie Geschenke einpacken?«

»Ich und Geschenke einpacken, man könnte mich auch Verpackungskünstlerin nennen, ich bin quasi mit Schere und Geschenkpapier auf die Welt gekommen«, sagte ich. Meine Stunde war gekommen. Sofort ging ich den beiden zur Hand. Vorher hatte ich mich nur noch schnell bei meinem Vorgesetzten vergewissert, ob es in Ordnung wäre, wenn ich bei den Vorbereitungen helfen würde. Er war einverstanden und ich machte mich ans Werk. Schließlich war das Geschenk verpackt und die nächste Arbeit schrie nach kreativen Händen. Viele bunte Bögen Tonkarton warteten darauf, in die Zahl 50 verwandelt zu werden. Also übernahm ich auch diesen Part und ein junger Bursche befestigte sie dann an der Decke.

Gegen Mittag waren alle Vorbereitungen für den Geburtstag getroffen und es fehlte nur noch das Geburtstagskind. Er kam pünktlich in Begleitung seiner Frau. Die Eröffnungsrede hielt die Chefin, außerdem zeigte sie einen Diavortrag über das Leben ihres Kollegen, den Chef unserer Krankenkasse. Sie hatte schöne Bilder von ihm, aus seiner Kindheit und Jugend, und erzählte von seinem bisherigen Lebensweg. Es war

98

sehr schön und vor allen Dingen interessant. Danach waren die Kollegen mit einem Geburtstagsständchen dran, das in Form eines Theaterstücks aufgeführt wurde. Da ich nicht zum Kollegenkreis gehörte, stand ich in der letzten Reihe, in der auch Besucher der Geburtstagsfeier saßen.

Als die Kollegen mit ihrer Darbietung fertig waren, hielt der Chef eine Dankesrede. Ich verfolgte jedes Wort von ihm. Er war gerührt über die Mühe, die sich alle seinetwegen gemacht hatten, und bemühte sich, die Fassung zu wahren. Mehrmals musste er sich von den Gästen wegdrehen, weil ihm Tränen über die Wangen liefen. Mir ging diese Geburtstagsveranstaltung so nahe, weil eine unheimliche Wärme und Herzlichkeit über allem lag. Irgendwann sagte der Vorstand einen Satz, der mir die Tränen in die Augen trieb. Er sagte, dass es in seinem Leben immer Menschen gegeben hätte, die ihm geholfen und ihm den Weg geebnet haben. Nur aus diesem Grund würde er vor solch einer tollen Truppe stehen. Er wäre glücklich und stolz, sich Chef dieser BKK nennen zu dürfen.

In diesem Moment wurde mir schmerzlich klar, dass ich genau diese Menschen, die sich für mich stark gemacht haben, nie hatte. Ich hatte auch keinen Menschen, der mir einen Weg geebnet hat. In diesem Moment fühlte ich mich nicht nur völlig allein, sondern mir wurde klar, dass ich ein Teil dieses Teams sein wollte. Ich wusste, dass diese Kollegen meine Kollegen sind, diese Chefs meine Chefs sind und diese BKK meine BKK ist. Mir war nur noch nicht klar, wie ich sie davon überzeugen konnte.

Nach dieser wunderbaren Geburtstagsveranstaltung fuhr ich wirklich bewegt nach Hause. Ich war stolz darauf, mein Praktikum in dieser Krankenkasse durchführen zu dürfen, doch hing wie eine dunkle Wolke über diesem Gefühl das Ende meiner Praktikumszeit. Mir war klar, dass ich nicht mehr bieten konnte als mich selbst, mit vollem Einsatz und ganzem Herzen. Mein Kollege, mit dem ich während meines Praktikums zusammenarbeitete, hatte mir versprochen, ein gutes Wort für mich einzulegen. Mehr war nicht möglich. Also nutzte ich die restliche Zeit, mit Verantwortung und Zuverlässigkeit zu überzeugen.

Das Ende dieser schönen Zeit kam viel zu schnell. Trotz meines schweren Herzens ging ich mit zwei lachenden Augen. Zum Abschied backte ich allen Kollegen einen Kuchen und versuchte so, auch mir selbst damit das Gehen zu versüßen. Es gelang mir nicht wirklich. Der Abschied tat noch mehr weh, als ich einen riesigen Blumenstrauß überreicht bekam. Melancholisch fuhr ich nach Hause. Am Montag würde es wieder zurück auf die Schulbank gehen und ich versuchte mich damit abzulenken, dass ich nichts Neues anfangen kann, wenn das Alte nicht beendet war. Ich freute mich auch auf meine Kolleginnen in der Qualifizierung, aber ich wurde das Gefühl nicht los, dass ich in diese Firma gehörte.

Aber alle Träumereien machten mir mein Herz nur noch schwerer, also richtete ich den Blick auf das Ende der Qualifizierungsmaßnahme. Es standen noch die Prüfungsergebnisse aus, und wenn es so sein sollte, dass ich in diese Firma gehörte, dann würde sich der liebe Gott und meine Mutter etwas einfallen lassen! Davon war ich fest überzeugt.

Ich erhielt knapp vier Wochen später meine Prüfungsergebnisse: Excelprüfung und Word-I- und -II-Prüfung mit den Noten: 1, 1 und 2! Mehr ging nicht. Mit diesen Noten bewarb ich mich bei »meiner« BKK, und drei Wochen später, am 12.01.2000, kam der über alles ersehnte Anruf von meiner Chefin: »Hallo Frau Bloch, wenn Sie noch möchten, können Sie am 01.02.2000 anfangen bei uns!«

Ich konnte meinen Ohren kaum trauen. Vor Freude und

100

mit Tränen in den Augen konnte ich kaum reden. Ich zitterte am ganzen Körper und war überglücklich. Nach dem Telefonat schloss ich die Augen, legte die Hände zum Gebet zusammen und bedankte mich bei Gott, meiner Mutter und meinem Schutzengel für diese Chance. Ich atmete einmal tief durch und rief meinen Mann an. Meine Stimme war kaum zu hören. Ich sagte nur: »Wir haben es geschafft!« Obwohl ich keinen Champagner vertrage, köpften wir an diesem Abend eine Flasche. Mit meiner Tochter im Arm tanzte ich durchs Wohnzimmer und ich sagte zu ihr: »Linchen, Mama geht bald Geld verdienen.« Sie lachte mich an, vielleicht dachte sie, ich wäre verrückt geworden, weil ich mein Grinsen nicht aus dem Gesicht bekam. Ich war überglücklich und verdammt stolz auf mich!

Karriere

Mit meinem ganzen Herzen stürzte ich mich in meine Arbeit. Ich liebte meine Arbeit, die Firma, die Kollegen, die Chefs, einfach alles. Auch wenn ich erst einmal lernen musste, meine Kräfte neu einzuteilen. Der »Echtbetrieb« war schon etwas anderes. Aber es machte mir ungeheuren Spaß. Die Kollegen waren sehr nett zu mir und innerhalb kürzester Zeit hatte ich engeren Kontakt zu einigen Kolleginnen und Kollegen. Es folgten Feten, Hochzeiten und ich war dabei. Keiner wusste, wie meine Kindheit und Jugend gewesen war, keiner, und sie nahmen mich bedingungslos an. Mehr noch, sie mochten mich, und das war ein Gefühl, das meinem fehlenden Sclbstbewusstsein sehr guttat.

In der Vergangenheit hatte ich nur Zuwendung oder Aufmerksamkeit bekommen, weil ich »so ein armes Kind war«, in »so schlechten Verhältnissen aufgewachsen war«, eine »behinderte Schwester hatte« oder »die Eltern schon so früh gestorben waren«. Kein Mensch hat mich, Sandra, den Menschen gesehen. Endlich war ich diese Last los. Viele Jahre habe ich gar nicht darüber gesprochen. Ich genoss die Zeit in der Firma und auch die Zeit mit meiner Familie. Dadurch, dass ich nicht nur genervt vom Haushalt zu Hause war, sondern auch meinen Horizont erweitern durfte, wurde das Familienleben sehr harmonisch.

In mir kam ein Mensch zum Vorschein, der mir fremd war. Ich war wissbegierig. Was ich lernen konnte, lernte ich aus tiefstem Herzen. Je mehr ich gab, desto mehr erhielt ich von der Firma und den Kollegen zurück. Dieses Gefühl tat mir so gut. Nur noch ganz selten holte mich meine Traurigkeit ein. In mir war zwar immer noch etwas, das nicht bearbeitet war, jedoch versuchte ich es mit dem guten Gefühl aufgrund meiner Arbeit und meiner Familie zu kompensieren. Es gelang mir nicht immer, aber oft. Ich ging gerne zur Arbeit und bin davon überzeugt, dass man finanziell auf einiges verzichten kann, doch wenn man irgendwo mit frohem Mut hingeht, versprüht man diese Energie und erhält sie zurück. Es ist wie eine Batterie, die sich auflädt und wieder auflädt mit dem, was man erhält. Ich war jedem Kollegen und meinen Chefs sehr gut gesinnt. Zwar war ich noch nicht so sicher in meinem Auftreten, aber auf einem guten Weg. Jeder Tag war für mich ein Tag des Lernens und Austauschens. Wenn man will, könnte man sagen, ich fing an zu leben – beruflich gesehen. Alle Hindernisse, die mir während meiner Schul- und Lehrzeit im Wege gestanden hatten, waren weg. Dies ermöglichte mir, meinen Wissensdurst zu stillen – und er schien unstillbar.

Mein erstes halbes Jahr in »meiner BKK« neigte sich dem Ende zu. Mein Vertrag war auf ein halbes Jahr befristet. Je näher das vermeintliche Ende kam, desto ängstlicher wurde ich, das alles wieder hergeben zu müssen. Es fühlte sich alles einfach so richtig an. Ich wollte es nicht wieder hergeben, nur lag diese Entscheidung nicht in meinen Händen. Tag X war da, als meine Chefin mich in ihr Büro rief. Genauso nervös wie bei meinem Vorstellungsgespräch nahm ich Platz in dem Ledersessel. Ich zappelte wie ein kleines Kind auf diesem großen Sessel herum. Es fühlte sich an, als wäre ich kleiner geworden und meine Beine baumelten in der Luft. Einerseits wusste ich, dass es nur mein Gefühl war, aber da ich ein Gefühlsmensch bin, kam mein Verstand nicht gegen das Gefühl an. Ich drückte mir selbst die Daumen und dann sagte meine Chefin, es gehe um meinen Vertrag.

Ich platzte vor Aufregung, Neugier und Angst. Dann lächelte ich sie an – langsam drang auch mein Verstand endlich wieder durch – und sagte: »Das habe ich mir fast gedacht.«

Sie lächelte zurück und fragte mich, wie weit ich mit meiner Arbeit sei.

Nun stand ich vor dem Problem, dass mein Verstand zu kreativ wurde und mir zuflüsterte: »Achtung, wenn du jetzt sagst, dass das Projekt fast abgeschlossen ist, sagt sie, dass du gehen kannst! Sagst du, dass das Projekt noch Zeit braucht, bist du vielleicht nicht gut genug!« Diese Gedanken wechselten sich in Millisekunden ab und ich stellte fest, dass ich den Verstand jetzt einfach wieder ausblenden musste. Ich nutzte das, was ich immer habe und mir niemand nehmen kann. Mein Gefühl rief ich nach vorne, und es riet mir: »Sag, wie es ist, und fertig.« Also teilte ich meiner Chefin den Stand des Projektes mit, dass wir in der Zielgeraden seien und nur noch Rückläufer der Anfrageaktion zuordnen müssten. In

103

zirka sechs Wochen sei die Arbeit abgeschlossen. Ich horchte in mich hinein und es fühlte sich gut an, und dann wartete ich auf eine Reaktion.

Sie sagte, dass es eine neue Abteilung im Unternehmen gebe. Es sei der Bereich Hausverwaltung, der noch nicht besetzt sei, und sie hätte an mich gedacht. Nebenbei sollte ich die Urlaubsvertretung für das Sekretariat machen. Ob ich mir das zutrauen würde?

Mit einem breiten Grinsen im Gesicht sagte ich, dass ich mir das durchaus zutraue, und erhielt einen neuen Vertrag für eineinhalb Jahre. Wieder rief ich meinen Mann an, wieder köpften wir eine Flasche Champagner und feierten unseren, meinen Sieg.

Motorisiert

Nachdem für die nächsten eineinhalb Jahre absehbar war, wie viel Geld wir zur Verfügung hatten, ließen sich etwas größere finanzielle Sprünge machen, und wir entschlossen uns, ein zweites Gefährt anzuschaffen. In unserer Nachbarschaft wurde ein Motorroller verkauft. Nach einer kurzen Spritztour mit diesem roten Flitzer war mir klar, das könnte etwas werden mit dem Roller und mir. Noch nie vorher war ich auf einem Motorroller gefahren. Ich fühlte mich frei und liebte es, mit dem Roller zu fahren. Es war mir völlig egal, dass es nur ein Roller und kein Auto war. Auf dem Weg zur Firma genoss ich es, wenn der Fahrtwind meine Haut streichelte. Alles war gut, und eigentlich wäre dies eine sehr gute Stelle, mein Buch zu beenden. Es ging mir hervorragend und ich glaubte nicht daran, dass mich irgendwas betrüben könnte.

Ich war fest davon überzeugt, dass die schlimmsten Zeiten bereits hinter mir lagen, und verschwendete keinen Gedanken daran, dass es anders werden könnte.

Einsatz

Meine Arbeit wurde zu einem der wichtigsten Bestandteile meines Lebens. Ich war mir schon lange sicher, dass ich mehr konnte, als ich bisher zeigen durfte. Nur bis zu meiner Anstellung bei der BKK wollte es niemand außer mir herausfinden. Mein Job in der Firma war nun so abwechslungsreich und interessant, dass ich mich manchmal sogar im Minutentakt auf eine völlig neue Situation einstellen musste. Der Bereich Hausverwaltung war eine umfangreiche Arbeit, die mir einfach lag. Dem einen fehlt ein Schlüssel, der andere hatte seine Parkkarte verlegt, der Nächste brauchte einen neuen Schrank. Eine Geschäftsstelle benötigte eine neue Schließanlage, die Reinigungsfirma in einem Werk arbeitete nicht mehr so ordentlich. Oder der Umzug eines Mitarbeiters von der einen zur anderen Geschäftsstelle musste geplant werden. Das alles machte mir unheimlich viel Spaß. Ich genoss den direkten Kontakt zu den Mitarbeitern und auch zum Vorstand. Weil mir meine Arbeit so viel Freude bereitete, war ich zu Hause – trotz Haushalt – sehr glücklich und konnte das private Leben viel mehr genießen als vor meiner Beschäftigung. Es war nicht selbstverständlich, dass ich mit den wenigen Möglichkeiten, die ich mitbrachte, einen so verantwortungsvollen Job bekommen würde. Meine Dankbarkeit konnte ich nur mit hundertprozentigem Einsatz zurückzahlen. Meine Tochter hatte kein Problem damit, dass ich arbeiten ging. Es war mir möglich, meine Arbeit um meine Familie herum zu organisieren, so dass es nicht umgekehrt notwendig wurde. Ich spürte, dass Alina selbständiger wurde und manchmal nahm ich sie sogar mit zur Arbeit. Sie hatte einen Heidenspaß, auch arbeiten zu gehen. Das Einzige, was sich bemerkbar machte, war, dass ich sehr häufig vorm Fernseher einschlief. Das war natürlich für unsere Ehe eine neuartige Belastung, denn eine Frau, die vor Müdigkeit einschlief, war natürlich für andere Dinge ebenfalls zu müde. Doch sah ich nicht ein, irgendetwas zu ändern, denn trotz Müdigkeit war ich glücklich. Mittlerweile war ich auch in der Klassenpflegschaft in Alinas Klasse tätig und tanzte in einer Tanzgruppe unseres Karnevalvereins. Ich liebte das Gefühl, mich verschiedenen Dingen zuzuwenden, denn mein Kopf war trotz meiner Arbeit voller Ideen, die danach schrien, umgesetzt zu werden. Mein Mann ermahnte mich immer wieder, dass ich viel zu viel machte. Ich fühlte mich gelangweilt von seinen Ermahnungen, doch mal kürzer zu treten, nicht auf jeder Hochzeit zu tanzen. Alles saugte ich in mich auf und ich liebte die Abwechslung mehr als alles, was ich zuvor getan hatte. Erst jetzt glaubte ich zu leben. Meine Traurigkeit war so gut wie weg. Warum sollte ich irgendetwas ändern? Ich wollte diese Unruhe, besser gesagt, ich brauchte sie – denn nur dann fühlte ich mich gut, gebraucht und zu irgendetwas nutze.

Schmerzen

Es war der Herbst im Jahr 2001. Seit einiger Zeit hatte ich immer wieder Schmerzen im Unterbauch. Seit ich ein junges Mädchen war, litt ich an Unterleibsschmerzen. Deshalb war das für mich eigentlich nichts Neues. Es waren Schmerzen am unteren rechten Bauch. Da ich jedoch keinen Blinddarm mehr hatte, glaubte ich, dass es nichts Ernstes sein könnte. Ich beachtete diese Schmerzen kaum, zumal sie mich mindestens einmal im Monat derartig einholten, dass ich kaum noch gehen konnte. Als Mädchen litt ich sehr häufig an Eierstock-entzündungen, und da bereits meine Mutter diese Erkran-kung öfter hatte, erklärte ich mir diese Schmerzen einfach durch Vererbung. Mein Frauenarzt sagte mir damals, als ich 14 war, dass ich bei anhaltenden Schmerzen eine OP durch den Bauchnabel vornehmen lassen müsste. Doch allein der Gedanke daran ließ mich meine Schmerzen ignorieren. Für mich wurde es normal, dass ich immer wieder dieses Ziehen im Unterbauch hatte und Sex für mich nur schmerzhaft war. Keine Beschreibung in Zeitschriften stimmten mit dem, was ich empfand, überein. Ich glaubte, dass es an mir lag, nicht so intensiv zu fühlen, und fand mich damit ab, dass Lust für mich nur Frust war. Wenn man keine Vergleichsmöglich-keiten hat, scheint das, was man hat, normal zu sein. Die Schmerzen in meinem Bauch hatten jedoch im vergangenen Jahr zugenommen. Woran es lag, konnte ich damals nicht ahnen.

Mit knapp 30 Jahren und nach einem gesunden Kind wurde ich dann »pillenmüde« und suchte für mich eine Alternative zur Pille und fand sie auch. Mir fiel nur auf, dass ich mit Ab-setzen der Pille immer häufiger Unterbauchschmerzen hatte. Ich lernte, mit diesen Schmerzen umzugehen, auch wenn sie manches Mal so schlimm waren, dass ich bei der Mo-natsregel nicht mehr laufen konnte. Die Zeit dieser schlim-men Schmerzen war aber absehbar und deshalb betäubte ich meine Schmerzen mit Tabletten. Doch nun konnte ich meine Schmerzen bereits seit zwei Wochen nicht mehr stillen. Die

Herbstferien standen vor der Tür. Wir wollten auf einen Bauernhof fahren, damit Alina und auch wir uns richtig erholen würden. Meine Hoffnung war, dass mit der Ruhe meine Schmerzen abklingen würden. Trotz der Schmerzen glaubte ich, dass wir diese eine Woche genießen könnten.

Also bereiteten wir uns auf unseren wohlverdienten Urlaub vor. Alina war noch nie auf einem Bauernhof gewesen und bereits die erste Begegnung mit den Tieren hinterließ bei ihr einen bleibenden Eindruck. Katzen lieben es, wenn man vor ihren Augen mit den Fingern spielt, und als Dankeschön kratzte eine Babykatze Alina ins Gesicht. Ich musste lachen und versuchte ihr zu erklären, dass Katzen gerne etwas fangen oder jagen. Die Babykatze konnte ja nicht ahnen, dass der Finger von Alina kein Spielzeug war. So wie Alina nicht ahnen konnte, dass die Katze versuchen würde, nach ihr zu schnappen.

Alina verstand, was ich ihr erklärte, und danach spielte sie mit einem Wollknäuel mit der Katze. Die zweite Begegnung der dritten Art hatte Alina im Kuhstall. Dort gab es Babykühe und sie war von ihnen begeistert. Alina hatte eine kleine Katze auf dem Arm und ging mit ihr in Richtung Babykuh. Die kleine Kuh war wohl von der Größe unserer Tochter begeistert und wollte mit Alina spielen. Sie stupste Alina an den Bauch, und diese erschrak fürchterlich. Alina beschützte das kleine Kätzchen und rief in Panik nach mir. Als ich sie fand, hielt sie das Kätzchen hoch und die Kuh versuchte amüsiert, mit Alina zu spielen. Ich befreite meine Tochter aus der misslichen Lage; für den ersten Tag hatte sie wohl genug vom Bauernhof.

Meine Schmerzen waren mittlerweile sehr schlimm geworden. Nach einer Dusche machte mein Mann den Ofen an, da ich Schüttelfrost bekam. In der ersten Nacht auf dem Bauernhof bekam ich hohes Fieber und ich hatte fürchterliche Unterleibsschmerzen. Mir blieb nichts anderes übrig, als am nächsten Tag zum Frauenarzt zu fahren. Mir ging es am Morgen darauf so schlecht, dass ich nur gebückt laufen konnte. Jeder Atemzug tat mir weh, am liebsten wäre ich im Bett liegen geblieben. Ich war wütend auf mich, dass ich nicht zu Hause noch zum Arzt gegangen war. Mein Mann brachte mich zum Arzt und schaute sich dann mit unserer Tochter die Umgebung an. Nach drei Stunden kam ich endlich beim Arzt dran. Die Ärztin sah meinen Zustand und nahm mir Blut ab. Die Untersuchung tat so weh, dass ich am liebsten geschrien hätte. Mir standen Schmerztränen in den Augen. Nachdem mein Blut untersucht worden war, sagte mir die Ärztin, dass ich an einer schweren Eierstockentzündung und Bauchfellentzündung erkrankt wäre. Sie wollte mich ins Krankenhaus einliefern. Das jedoch wollte und konnte ich nicht. Meine Mutter war mal ins Krankenhaus gekommen, als wir im Urlaub waren. Keiner hatte mehr Urlaub gehabt. Also sagte ich der Ärztin, sie sollte mir bitte alles Notwendige verschreiben und ich würde mich schonen. Die Ärztin verschrieb mir vier verschiedene Medikamente und absolute Bettruhe. Ich fühlte mich schlecht, hatte Schmerzen und ein Scheißgefühl in mir. Was war das für ein Urlaub?

In den nächsten Tagen saß ich nur in einem Sessel vor dem Kamin, eingewickelt in eine Decke. Ich war so schwach, dass ich kaum gehen konnte. Ich bat meinen Mann darum, dass er mit dem Kind so viel wie möglich unternahm. Sie sollte etwas von ihren Ferien haben und nicht meinetwegen auf irgendetwas verzichten müssen. Ich war zugedröhnt mit Schmerzmitteln und Antibiotika, deshalb war mit mir sowieso nichts los. Nach vier Tagen – von sieben Tagen Urlaub – konnte ich das erste Mal an die frische Luft. Noch immer hatte ich Schmerzen, doch glaubte ich, dass sie langsam weniger wurden. Das Einzige, was ich im Urlaub machen konnte, war eine Schifffahrt auf dem Main. Und selbst das schlauchte mich so, dass ich danach direkt wieder ins Bett musste.

Wenn ich heute das einzige Foto mit mir aus diesem Urlaub sehe, ist alles sofort wieder da: die Schmerzen und die Panik, dort ins Krankenhaus zu müssen. Obwohl alles sehr schön dort war, werde ich nie wieder auf diesen Bauernhof fahren können. Nie wieder.

St. Martin

Wieder zu Hause angekommen, glaubte ich, dass die Schmerzen besser wurden. Doch es waren gleichbleibende Schmerzen und ich versuchte, nicht panisch zu reagieren und mich nicht weiter um meinen Bauch zu kümmern. Der Alltag half mir dabei, denn es stand St. Martin vor der Tür. Und da ich in der Klassenpflegschaft war, stand Laternenbasteln auf dem Programm. Ich freute mich darauf, mit meinem Kind und seiner Klasse etwas auf die Beine zu stellen. Ich war in meinem Element und spürte meinen Bauch nur noch ganz dumpf. Um den Kindern einen ganzen Tag zur Verfügung zu stehen, nahm ich einen freien Tag. Schließlich wartete auch auf mich eine Herausforderung in Form von Laternen, die aus Luftballons gearbeitet wurden. Irgendwann sollten daraus Eulen entstehen. Eine Höllenarbeit. Haben Sie das schon einmal gemacht, Luftballons, mit Öl beschmiert, und sie dann mit Kleister und Seidenpapier beklebt? Wie soll ich es sagen? Die Kinder hatten jede Menge Spaß, ich jedoch stand vor einer der größten Herausforderungen meines Lebens. Stellen Sie sich bitte die Situation vor: 24 Kinder in froher Erwartung, 24 Luftballons an Stäben, die in Flaschen stehen, mit Öl eingerieben, in einem Haufen von zerrissenem, braunen Seidenpapier und Kleister. Bereits nach fünf Minuten flogen die ersten zu bekleisternden Luftballons auf den Klassenboden. Einige Kinder hatten das Seidenpapier auf dem Boden verteilt. Für die Kinder war es ein Riesengaudi und ich sah die Stunden vergehen, ohne dass auch nur eine Laterne fertig wurde. Die Jagd auf glitschige Luftballons war eröffnet.

Gegen 10.00 Uhr wünschte ich mich einfach nur weg, an einen Ort ohne Luftballons und ohne Kleister. Dank meines unermüdlichen Ehrgeizes schaffte ich es aber doch irgendwann, so etwas wie Struktur in diese Bastelaktion zu bekommen. Irgendwann bekam ich Schützenhilfe von anderen Müttern, und dann geschah das schier Unglaubliche: Gegen 13.00 Uhr hatten alle Kinder eine Laterne. Wir hängten sie zum Trocknen in der Klasse auf und gegen 15.00 Uhr ging ich mit meiner Tochter mehr als erschöpft nach Hause. Es waren die allerschönsten Laternen, die ich je gesehen hatte.

Eine Woche später war ich im St.-Martins-Zug Begleiterin der Klasse. Mein Ziel war es, dieses Ereignis gut über die Bühne zu bekommen. Es war der 11.11.2001. Danach würde alles etwas ruhiger werden. Auf dem Weg zum Zug spürte ich meinen Bauch wieder. Jeder Schritt war wie ein dumpfer Schlag in meinen Unterleib. Ich nahm mir vor, direkt am nächsten Tag meinen Frauenarzt aufzusuchen.

Am nächsten Morgen sagte ich in der Firma Bescheid, dass ich später kommen würde. Bereits um 7.30 Uhr war ich bei meinem Frauenarzt. Er untersuchte mich und das Ultraschallbild zeigte, warum ich solche Schmerzen hatte. Mein rechter Eierstock war übersät mit krankhaften Zysten. Innerhalb einer Woche waren sie aus dem Nichts gewuchert. Die Ärztin im Urlaub hatte auf dem Ultraschall nichts erkennen können und sieben Tage später umgaben Zysten meinen Eierstock. Diese Zysten konnten nur operativ entfernt werden, und das musste so schnell wie möglich geschehen.

Überrumpelt von dieser Information ging ich erst einmal zur Arbeit und rief meinen Mann an. Ich sagte ihm, ich müsse ins Krankenhaus. In meinem Kopf lief ein Film ab, den ich nicht stoppen konnte. Ich sah eine kranke Mutter und ein kleines Mädchen. Ich fing an zu weinen und ging auf die Toilette. In meinem Kopf drehte es sich. Ich machte mir Sorgen um mich, meine Familie und meine Arbeit. In den ganzen Jahren, als ich zu Hause war, war ich nie ernsthaft krank gewesen. Ausgerechnet jetzt, wo ich meinen Traumjob hatte und alles bestens lief, musste ich krank werden. Ich ging zu meinen Chefs und teilte ihnen mit, dass ich operiert werden müsste. Sie bauten mich auf, aber es ging mir mehr als schlecht. Ich hatte Angst vor allem, was auf mich wartete.

Meine Schwiegereltern wollten sich um Alina kümmern, für sie Essen kochen und sie zum Kindergarten bringen, mein Mann um alles andere. Nachdem das Wichtigste geklärt war, nämlich wie wir Alina versorgen, konnte ich etwas ruhiger in Richtung Operation blicken. Als ich meine Tasche gepackt hatte, brachten mich mein Mann und meine Tochter ins Krankenhaus. Dort nahm man mir wieder Blut ab. Meine Schmerzen waren mittlerweile so schlimm, dass ich mich fast auf die OP freute, um endlich keine Schmerzen mehr zu haben. Meine Blutwerte ließen doch noch keine Operation zu. Nach fünf Tagen Antibiotika waren die Blutwerte endlich in einem Bereich, dass man operieren konnte. Ich war fast erleichtert, dass mir der Bauch aufgeschnitten wurde und ich endlich von meinen Schmerzen befreit würde. Am nächsten Tag war der erste Operationstermin für mich reserviert.

Operation

Innerlich und äußerlich hatte ich mich auf die Operation vorbereitet. In mir fühlte ich eine Leere. Es fühlte sich an wie ein Job, den man hasst und trotzdem machen muss, weil man keine Wahl hat. Meine Schmerzen im Bauch begleiteten mich nun schon eine Zeit lang. Ich will nicht sagen, dass ich mich an sie gewöhnt oder mit ihnen arrangiert hatte, aber sie waren mir bekannt und kein Feind mehr. Was auf mich wartete, wusste ich nicht. Hunderte von Gedanken gingen mir durch den Kopf. Ich fragte mich, wie es sich danach anfühlen würde, ob meine Schmerzen weg wären, ob alles wieder gut würde.

Frisch geduscht und stellenweise rasiert, legte ich mich in mein Bett. Ich zog mir mein OP-Hemd und die Thrombosestrümpfe an und deckte mich mit meiner Bettdecke zu und schloss die Augen. Fünf Minuten vorher hatte ich meine Beruhigungstablette genommen und glaubte, dass sie langsam wirkte. Mir wurde etwas schwindelig und mein Atem wurde langsamer. In mir waren Gedanken, die mir gar nicht guttaten. Ich dachte an meine Mutter und bekam Angst. Was, wenn ich nicht mehr wach würde? Dann wäre ich zwar bei ihr, aber mein Mädchen und mein Mann wären alleine. Tränen liefen mir über das Gesicht. Mein Bauch schmerzte und ich legte meine Hand darauf. Der Schmerz war ziehend und stechend. Es fühlte sich an, als würde mein Unterleib in zwei Teile zerrissen. Ich wollte, dass es aufhört.

Es klopfte an der Tür und eine Krankenschwester holte mich ab. Ich ließ die Augen zu, während mir Tränen übers Gesicht liefen. Mir war nicht nach Reden. Sie legte mir meine Kurve auf den Bauch. Sofort ging ich in Schutzhaltung und zog die Beine an. Die Schwester spürte die Angst in mir, nahm die Kurve und legte sie ans Bettende. Als ich über den Flur geschoben wurde, konnte ich mit geschlossenen Augen sehen, wie die grellen Leuchten an mir vorbeizogen. Ich wurde um eine Ecke geschoben. Wir waren angekommen. Mir war kalt und ich öffnete meine Augen. Vor mir stand ein Mann, der mir half, auf den OP-Tisch zu klettern. Er legte mir ein warmes Tuch über und ich schloss wieder meine Augen. Er war sehr einfühlsam, aber das machte die Sache nicht besser. Ich schwieg einfach nur. Weil diese Ruhe scheinbar ungewöhnlich war, fing er an, mir jeden seiner Handgriffe zu erklären. »So, Frau Bloch, ich werde Ihnen jetzt eine Spritze geben und danach noch eine, bei der Sie dann einschlafen werden.«

Ruhe wollte ich, mehr nicht. Als er die zweite Spritze ansetzte, spürte ich, wie es kalt wurde in meinem Arm, Oberarm und meinem Hals. Ich konnte die Betäubung schmecken und es erinnerte mich an den Geruch von Klebstoff. Mein Herz fühlte ich laut schlagen, ein Kribbeln in meinem Körper – Ruhe – alles schwarz.

Als ich wieder wach wurde, hatte ich eine andere Art Schmerz. Mein Bauch fühlte sich an, als hätte jemand einen

Mixer in meinem Leib angeschaltet und auf die höchste Stufe gestellt. Ich konnte sehen, dass ein Schlauch aus meinem Bauch hing, und glaubte in diesem Moment, dass mein Tod besser zu ertragen wäre als mein Leben. Als ich das nächste Mal wach wurde, saßen mein Mann und meine Tochter an meinem Bett. Gerne hätte ich ihnen gesagt, wie sehr ich mich darüber freute, dass sie da waren. Meine Schmerzen verhinderten aber, dass ich auch nur lächeln konnte. Mir gelang es nur, die Hand meiner beiden Schätze zu drücken, und wieder war ich weg.

Irgendwann hatte ich mir meine Narkose aus dem Leib geschlafen. Als ich wieder klar denken konnte, teilten mir die Ärzte mit, dass mir Verwucherungen aus dem Bauchraum entfernt worden seien. Die Gebärmutter war mit Blase, Eierstock, Bauchdecke und Darm verwuchert gewesen. Tumorartig war alles miteinander verwachsen, meine ganze rechte Unterbauchseite war ein Organklumpen gewesen. Aus meinem Bauch hing ein Schlauch, durch den Flüssigkeit aus meinem Bauch lief. Ich hatte fürchterliche Schmerzen. Trotz der Umstände war die Operation gut verlaufen. Meine Blutwerte waren noch immer sehr schlecht, und deshalb wurde die Behandlung mit Antibiotika weitergeführt.

Zwei Tage nach der Operation sollte die Drainage aus meinem Bauch gezogen werden. Der Schlauch steckte einen Fingerbreit oberhalb meiner rechten Leiste zwölf Zentimeter lang in meinem Bauch und er schmerzte bei jeder Bewegung. Er war mit zwei Stichen an meiner Haut befestigt und ich hatte fürchterliche Angst, als die Ärzte ihn ziehen wollten. Ich sollte mich gerade hinlegen und entspannen, was für mich überhaupt nicht möglich war. Die Ärzte entfernten zuerst das Pflaster, dann schnitten sie mit einem Skalpell die Fäden durch und bereits dieses Hantieren an mir bereitete Schmerzen. Einer der beiden Ärzte sagte, ich sollte bei dem Kommando »Jetzt« die Luft anhalten. Dann rief einer der beiden »Jetzt«, und ich versuchte die Luft anzuhalten und fühlte einen fürchterlichen Schmerz, der mir Tränen in die Augen trieb. Mein Bauch fühlte sich an, als hätte ihn jemand mit einem Messer aufgeschnitten. Nach wenigen Minuten spürte ich jedoch, dass der unheimliche Druck in meinem Bauch weg war. Danach musste ich mich erst einmal ausruhen.

Die nächsten Tage fühlte ich mich schlecht, krank und kraftlos, und das mit 32 Jahren. In mir waren Gefühle der Wut, der Resignation und der Angst. Nach den wunderbaren Jahren, in denen ich beruflich Fuß gefasst hatte und glaubte, Bäume ausreißen zu können, fühlte ich mich jetzt am Boden zerstört und wie ein Häufchen Elend. Ich war den Tränen nahe und fiel in ein tiefes schwarzes Loch. Es fühlte sich an, als hätte ich keine Kraft mehr für die Dinge, die ich mit Freude und Überzeugung gemacht hatte. Wahrscheinlich war es wohl auch so.

Wenige Tage nach der Operation war mir, als wäre mein Lebensmotor auf Sparflamme gegangen. Meine innere Stimme sagte mir, dass ich mein Leben neu sortieren musste. So viele Menschen bauten auf meine Kreativität, meinen Einsatz und meine Kraft. Mir schien aber, dass meine Kraft – wenn überhaupt – nur noch für mich reichen würde. Mit Tränen in den Augen machte ich mich daran, von all meinen Ehrenämtern zurückzutreten. Alinas Klassenlehrerin schrieb ich einen langen Brief und ich erklärte ihr, wie es gesundheitlich um mich stand. Unserem Pastorenpaar teilte ich telefonisch mit, dass ich bis auf Weiteres nicht mehr zur Verfügung stehen könnte. Einerseits war ich sehr unglücklich darüber, dass ich meinen Aufgaben nicht mehr gerecht werden konnte, andererseits fiel eine Last von mir ab, da ich nun in Ruhe genesen durfte, ohne den Druck, dass jemand auf mich wartete.

Die Tage vergingen und langsam wurde mir bewusst, dass mein Körper mir mit dieser Erkrankung ganz klar eine Grenze aufgezeigt hatte. Ich musste lernen, damit umzugehen, dass ich zwar geistig Kräfte für zwei Menschen hatte, aber körperlich am Rande eines Abgrundes stand. Ich spürte eine tiefe Leere in mir. Nach meinem persönlichen Resümee wurde mir bewusst, dass der Advent vor der Tür stand und ich noch nicht einmal ein Weihnachtsgesteck zu Haus aufgestellt, geschweige denn für unser Mädchen einen Schokoladen-Nikolaus gekauft hatte. Es waren die banalen Dinge, die mich zum Weinen brachten.

Als wäre das zu diesem Zeitpunkt für Alina das Schlimmste, stand sie eines Tages an meinem Bett und fragte mich, wann ich denn endlich nach Hause kommen würde. Das war nach dem 11. Tag im Krankenhaus. Ich brach in Tränen aus. An diesem Tag musste ich wieder zur Blutkontrolle und ich flehte die Ärzte an, nach Hause zu dürfen. Sie sagten mir, wenn sich ein bestimmter Blutwert verbessert hätte, dann könnten wir darüber nachdenken. Nach einer Stunde war klar, dass ich noch weitere vier Tage in der Klinik bleiben musste.

Ich ging am Boden zerstört zurück in mein Zimmer, zog mir die Decke über den Kopf und heulte mir die Augen aus. Meine Zimmernachbarin, zirka 60 Jahre alt, textete mir die Ohren zu, dass ich doch froh sein sollte, mich hier ausruhen zu dürfen. Zu meiner Trauer kam Wut. Wut darüber, dass ich keinen Freiraum hatte für mich und meine Gefühle. Ich wollte nichts hören und mir war vor allen Dingen nicht danach, mit jemandem zu reden, außer mit meinem Mann und meinem Mädchen. In diesem Moment wurde mir auch klar, dass ich bei meinem nächsten Krankenhausaufenthalt lieber den Zusatzbetrag für ein Einzelzimmer auf mich nehmen würde, als auf meine Privatsphäre zu verzichten.

Nach vier Tagen wurde mein Blut wieder untersucht. Der Entzündungswert war runtergegangen, jedoch noch nicht in Ordnung. An diesem Tag, so hatte ich mir geschworen, würde ich das Krankenhaus verlassen. Ich wollte nach Hause, in meine vier Wände, in denen ich meine Ruhe hatte, wenn ich sie brauchte. Meine Ärzte willigten zähneknirschend ein, dass ich entlassen wurde. Mit einer Liste von Dingen, die ich berücksichtigen musste, machte ich mich auf den Weg nach Hause. Ich hatte noch immer Schmerzen, und das würde auch noch eine ganze Zeit lang so bleiben. Zum ersten Mal seit meiner Erkrankung war es so, dass ich etwas Freude verspürte. Meine Familie holte mich ab und ich war froh nach Hause zu kommen.

Ich war am Rande meiner Kräfte angelangt und nichts in meinem Leben war so wie früher. Als ich ins Krankenhaus ging, glaubte ich, dass ich mein Leben absolut im Griff hätte. Doch nach meiner Entlassung erkannte ich mich nicht mehr wieder. Mein Lachen und das Strahlen in meinen Augen waren weg. Wenn ich in den Spiegel sah, schauten mich müde Augen an. Meine Körperhaltung hatte sich durch meine Schmerzen verändert. Ich ging gekrümmt und meine rechte Hand lag immer auf meiner rechten Bauchseite, als müsste ich diese Stelle schützen. Das geschah unbewusst und ich merkte gar nicht, wie häufig ich meinen Bauch hielt. Meine Kraft war mir abhanden gekommen. Das Einzige, was mir geblieben war, war meine Fantasie. Wenn ich die Augen geschlossen hatte, träumte ich mich weit weg, an einen Ort der Ruhe und der Wärme, wo ich keine Schmerzen hatte und mit meiner Familie glücklich sein konnte. In dieser Welt gab es bunte Farben, Sonne, Lachen und Glück. Meine Fantasien halfen mir dabei, Ruhe zu finden und zu genesen.

118

Schleier

Langsam erholte ich mich. Meine Kraft war nicht mehr so unerschöpflich wie vor meiner Operation. Ich war sehr schnell müde und kraftlos, so dass ich Pausen einlegen musste. Meine Angst wurde immer größer, dass ich nie wieder die alte Sandra würde. Irgendwann waren meine Schmerzen nur noch unterschwellig da, so dass sich wieder Normalität einstellen konnte. Meine Familie war glücklich, dass ich wieder bei ihr war. Mein Mann sagte, dass ich das Schlimmste hinter mir hätte und nun alles wieder gut würde. Aber mein Herz war wie tot. Ich fühlte mich, als hätte mir jemand einen grauen Schleier übergelegt. Meine frohen Gedanken waren weg und das Lachen war mir abhanden gekommen. Sehr ernst, ging ich wieder arbeiten. Dort war ich ablenkt von mir. Zu Hause war ich nur noch unzufrieden und unglücklich, heulte aus Sicht meiner Mitmenschen völlig ohne Grund. Nichts, was ich machte, gefiel mir. An allem hatte ich etwas auszusetzen und langsam wirkte sich meine chronisch schlechte Laune auf meine Ehe aus. Es war ein fürchterlicher Kreislauf. Sobald mein Mann auf mich zukam, wich ich zurück. Versuchte er mit mir zu reden, mich aufzubauen oder mir zu sagen, dass ich mich auf unsere Liebe besinnen sollte, fühlte ich mich eingeengt. Ließ er mich in Ruhe und versuchte zur Normalität zurückzufinden, warf ich ihm vor, meine Erkrankung zu leicht zu nehmen. Und so, wie ich mich ihm gegenüber verhielt, sah es auch in mir aus: völlig chaotisch und durcheinander. Ich fühlte mich einsam und falsch verstanden. Nur konnte kein Mensch an mich rankommen. Ich fühlte mich schlecht und fing an, mir Vorwürfe zu machen. Immer wieder redete ich mir ein, dass es mir gut gehen müsste. Ich hatte keinen Grund mehr für trübe Gedanken und ein schlechtes Gefühl. Dann war in mir wieder Wut, Wut darüber, dass ich mich schlecht fühlte und benahm. Ich warf mir vor, dass es mir vielleicht zu gut ging. Meine innere Stimme schrie mich an: »Was willst du denn noch? Deine Schmerzen werden weniger, die Operation ist vorbei. Also fühl dich doch einfach wieder gesund.« Die leise Stimme in mir konnte nicht schreien. Sie weinte in mir und sagte: »Ich fühle mich krank und unwohl.«

Ich konnte keine Freude spüren und fand mein Lachen einfach nicht wieder. Durch dieses ständige Zwiegespräch mit mir machte ich allen anderen Menschen in meiner Umgebung das Leben schwer. Mir selbst am meisten, denn ich wurde mir zum Feind. Meine Arbeit wurde meine Ablenkungstherapie. In meiner Arbeit konnte ich Erfolge sehen und fühlte mich nicht einsam. Also verbrachte ich sehr schnell nach meiner Erkrankung mehr Zeit in der Firma als zu Hause. Nur ging mir mein übermäßiges Arbeiten ebenso an die Substanz wie die Diskussionen mit meinem Mann. Die kurzweiligen Bestätigungen in meinem Beruf konnten mein Defizit an gutem Gefühl nicht aufwiegen. Also arbeitete ich noch mehr und fühlte mich noch schneller müde, ging noch früher zu Bett, um dann noch früher zur Arbeit zu gehen.

Heute weiß ich, das war natürlich ein Null-Summen-Spiel. Wenn man jedoch in der Situation steckt, fühlt man sich wie in einem Hamsterrad, das sich immer schneller dreht. Ich war Anfang 30 und fühlte mich wie ein Wrack. Ganze acht Wochen trieb ich diesen Raubbau an meinem Leben. Dann fingen meine Schmerzen im Bauch wieder an, es war wie vor meiner Operation. Ich erkannte den Schmerz sofort und in mir stieg Panik auf.

120

Wenige Wochen später lag ich wieder auf dem Operationstisch. Alles war wieder auf null gesetzt. Alles fing wieder von vorne an. Alles. Jeder Schmerz, jeder Zweifel, jede Angst. In mir kam wieder das Gefühl hoch, dass ich etwas falsch gemacht hätte und ich schuld daran sei, wieder ins Krankenhaus zu müssen. Meine Chefs und Kollegen waren zwar um mich besorgt, aber ich glaubte in ihren Augen Botschaften zu lesen, die mir sagten: Du bist schuld. Ich war wie gelähmt. Nach der Operation verlief alles so wie nach der ersten Operation: Angst, Schmerzen, Wut, Zweifel, Rückzug und Resignation. In meinem Kopf sah ich das Bild meiner Mutter, die immer krank gewesen war. Meinem Kind wollte ich eine gute Mutter sein. Mein Wunsch war es, ihr alles zu ermöglichen, was ich nicht hatte. Eine Freundin wollte ich ihr sein, und nun ging ich zum zweiten Mal in drei Monaten ins Krankenhaus. Selbst auf Hilfe angewiesen, selbst ängstlich und traurig. Sie malte mir ein Bild, damit ich schnell wieder gesund werde. Es zerriss mir das Herz. Ich musste alles dafür tun, dass ich meiner Tochter dieses Schicksal ersparte. Mit allen Mitteln musste ich dafür sorgen, nicht mehr krank zu werden. Leider wusste ich nicht, wie ich das anstellen sollte.

Bei der zweiten Operation stellten die Ärzte eine Erkrankung fest, die sich Endometriose nennt. Mir sagte diese Erkrankung gar nichts. Mir war nur daran gelegen, den Feind zu kennen und zu bekämpfen. Bei mir lag unter anderem ein Befall des Douglasbereichs vor.

Dieses Mal wurde ich bereits drei Tage nach der Operation aus dem Krankenhaus entlassen. Gerne hätte ich mich noch ein bis zwei Tage im Krankenhaus erholt, doch lag ich in einem Privatzimmer, das mich täglich 150,00 € kostete. Die Ruhe nach meiner Operation war mir dieses Geld wert gewesen.

Worum es sich genau bei meiner Erkrankung handelte, erfuhr ich erst, als ich aus dem Krankenhaus entlassen wurde. Dank eines Informationsanbieters im Internet wurden mir meine Fragen beantwortet. Eine Endometriose ist eine schmerzhafte chronische Erkrankung der Gebärmutterschleimhaut außerhalb der Gebärmutter. Die Entstehung dieser Erkrankung ist noch nicht vollständig geklärt. Man kann jedoch davon ausgehen, dass lose Endo-Zellen durch den Eileiter durchs Blut oder über die Lymphgefäße bei Operationen verschleppt wurden und sich an anderen Stellen angesiedelt haben. Die Erkrankung verursacht krampfartige Schmerzen sowie chronische Bauch- und Rückenschmerzen. Bei Befall des Douglas-Raums – eine taschenförmige Aussackung des Bauchfells zwischen Darm und Gebärmutter – können Schmerzen beim Geschlechtsverkehr, schmerzhafter, erschwerter Stuhlgang sowie Schmerzen beim Harnlassen auftreten.

Mein behandelnder Arzt war nach meiner Krankenhausentlassung noch im Urlaub, so dass ich erst nach mehreren Tagen mit der nötigen Hormonbehandlung anfangen durfte. Das fehlende Zusammenspiel des Krankenhauses und des Frauenarztes sollte später zu meinen Lasten gehen. Mit jedem Krankenhausaufenthalt beschäftigte ich mich mehr mit meiner Erkrankung und mit mir. Mental ging es mir ein wenig besser als nach der ersten Operation, und da ich meine Arbeit liebte, wollte ich so schnell wie möglich wieder arbeiten. Um jeden Preis wollte ich meinem Arbeitgeber meinen Einsatz zeigen.

Im Laufe der Hormonbehandlung nahm ich dann fünf Kilo zu. Es fiel mir sehr schwer, mich wohl in meiner Haut zu fühlen. Ich fühlte mich fett, hässlich und kaputt. Da ich mir selbst das Leben sehr schwer machte, verlor ich wieder das Strahlen in meinen Augen. Ich wollte so schnell wie möglich wieder die sein, die ich vor meiner ersten Operation gewesen war. Mir

122

war zu diesem Zeitpunkt nicht klar, dass ich an einem neuen Punkt in meinem Leben angekommen war. Mit folgenden Dingen hatte ich mich nur selten beschäftigt, zum einen, weil ich es nie gelernt hatte, und zum anderen, weil ich das Gefühl hierfür nicht hatte. Diese Dinge waren: umdenken, aufräumen, Nein sagen, Egoismus, Ruhe und innehalten.

Die beiden Operationen waren nicht spurlos an mir vorbeigegangen. Gefühle, die ich heute nur noch kaum nachempfinden kann, machten mir das Leben schwer. Ich glaubte, dass ich für meine Familie ein Klotz am Bein sei. Ebenso war ich davon überzeugt, dass sie ohne mich viel besser dran wären. Mein Mann und meine Tochter hatten ein Recht auf eine gesunde Mutter und Ehefrau. Mein Gefühl – das von meiner kranken Seele stammte – ließ mich glauben, dass sie glücklicher wären, wenn ich sie mit meiner Erkrankung nicht mehr belasten würde. Ich erkrankte an Depressionen. Mein Kopf bestrafte meine Erkrankungen mit unguten Gefühlen, weil ich ewig krank war.

Meinem Mann machte ich in dieser Zeit das Leben am schwersten, indem ich ihn davon überzeugen wollte, dass er etwas Besseres verdient hätte als mich. Ich wollte, dass wir unsere Liebe beenden, damit er wieder frei wäre für eine andere Frau. Eine Frau, die ihm das geben konnte, was ich nicht konnte. Eine Frau, die erotisch und verführerisch war und nicht wie ich, dick, fett und ein gynäkologisches Wrack. Körperliche Liebe war mir seit meiner ersten Operation egal geworden. Es war mir nicht möglich, Liebe zu geben und zu empfangen. In dieser Zeit glaubte ich überall nur erotische Frauen zu sehen, mit denen ich mich verglich. Am Ende war ich mir sicher, dass ich keine Frau, sondern ein Trampeltier war. Ich zerstörte mit meinen Empfindungen sehr viel in meiner Ehe. Mein Mann sagte mir immer und immer wieder, dass alles irgendwann gut werden würde, dass er mich liebt und nur mich will. Jedoch glaubte ich ihm diese Worte nicht, seine Liebe setzte ich mit Verpflichtung und Mitleid gleich. Obwohl ich mich sehr einsam, verlassen und verzweifelt fühlte, tat ich alles dafür, dass ich gehasst wurde. Es ist für mich heute nicht mehr nachzuvollziehen, woher diese Gedanken kamen, doch die Gefühle kann ich noch spüren. Sie sind ganz tief in mir, ich versuche heute jedoch, nicht auf sie zu hören. Manchmal gelingt es mir, manchmal nicht.

Mein Körper und meine Seele waren nicht im Einklang. Immer und immer wieder versuchte ich mich meinem Mann hinzugeben. Setzte mich unter Druck, dass »es« wieder klappen müsste. Ich glaubte, wenn ich wieder mit ihm schlafen könnte, würde alles wieder besser werden. Mein Mann versuchte mir zu helfen, meinen Kopf abzuschalten. Ich sehnte mich danach, ihn zu spüren und begehrt zu werden, jedoch brach ich immer wieder unter Schmerzen ab. Mein Unterleib schmerzte so sehr, dass ich mich heulend umdrehte und in meinem schwarzen Loch noch ein bisschen tiefer versank.

Das Gefühlschaos, was ich meinem Mann damit zumutete, konnte ich nicht sehen. Er machte sich Sorgen um mich und meine Seele. Ich machte mich fertig mit dem Druck, den ich in mir aufbaute. Mein Mann konnte noch so vorsichtig sein, mein Bauch tat jedoch schon bei der kleinsten Berührung weh. Der Bauchnabel soll bei Frauen eine erogene Zone sein. Der Bauchnabel durfte bei mir nicht berührt werden. Die Operationen, die durch meinen Bauchnabel durchgeführt worden waren, hatten auch hier Narben hinterlassen. Wenn der Werbespot der jungen französischen Dame im Fernseher lief, die einen Mann daran erinnerte, dass ein Bier so schön geprickelt hat in »die Bauchnabel«, hielt ich mir regelmäßig

124

den Bauch. Mir fiel auf, dass ich das Fernsehprogramm wechselte, sobald diese Werbung lief oder eine erotische Bettszene gezeigt wurde. Für mich fühlte es sich an wie ein persönlicher Angriff. Meine Seele schrie danach, einfach eine normale Frau sein zu dürfen. Ich wollte geliebt und verführt werden. Mit meinem Verhalten bewirkte ich aber wohl genau das Gegenteil. Meine negativen Gefühle für mich wurden mit jeder körperlichen Nähe bestätigt, und wenn ich vor dem Spiegel stand, sah ich einen dicken Fettkloß. Kein Mensch sah mich wohl so, aber das kam nicht bei mir an. Denn ich sah mich mit anderen Augen. Es ging mir seelisch und körperlich sehr schlecht und ich versuchte wieder etwas Positives zu fühlen. Das gelang mir leider nur in der Firma. Also therapierte ich mich weiter mit meiner Arbeit.

Mein Mann begleitete mich durch diese tiefschwarzen Zeiten, obwohl ich ihn sehr verletzte, weil ich unsere Liebe wegwerfen wollte und an seinen Gefühlen für mich zweifelte. Aber irgendwie schafften wir es trotzdem, uns nicht zu verlieren. Er war mein Retter, ich hing am Abgrund und er hielt meine Hand. Obwohl ich wollte, dass er mich fallen lässt, damit ich keine unnötige Last mehr für ihn wäre, hielt er meine Hand bedingungslos. So lange, bis mir klar wurde, dass in mir noch Kraft zum Raufkrabbeln war. Irgendwann spürte ich, dass er mich nie fallen lassen würde, egal was ich tat. Also suchte ich festeren Halt und machte mich auf den Weg nach oben. Obwohl ich zwischendurch immer wieder zurückfiel, war ich irgendwann wieder oben.

Wenn mein Mann nicht um unsere Liebe gekämpft hätte, wäre sie zu diesem Zeitpunkt gestorben. Wir rauften uns zusammen, unser Leben war durch meine Erkrankung zu einer Achterbahnfahrt geworden. Immer wenn wir glaubten, dass endlich Ruhe eingekehrt wäre, kamen meine Schmerzen, meine Angst und meine Verunsicherung zurück. Ich war in einem ständigen Wechsel zwischen meiner Angst, wieder krank zu werden, und dem Bedürfnis, alles ändern zu wollen. In der Zeit mit wenig Schmerzen machte ich Pläne, wie alles schöner werden könnte, und wenn ich Schmerzen bekam, überfiel mich eine Angststarre. Ich wollte einfach wieder lieben, lachen und unbeschwert sein. Heute weiß ich, dass man sein Lachen nur in sich selbst findet. Kein anderer Mensch kann dafür sorgen, dass es einem besser geht. Jeder Mensch ist für sein eigenes Glück verantwortlich.

Bauchgefühl

Ein knappes Jahr nach meiner zweiten Operation fingen meine Schmerzen wieder an. Es war Mai im Jahr 2002. Pfingstsonntag, und ich musste notfallmäßig ins Krankenhaus. Der Chefarzt war schockiert, mich schon wieder zu sehen. Die Schmerzen waren so unerträglich, dass ich kaum laufen konnte. Mir liefen Tränen übers Gesicht, als ich untersucht wurde. In diesem Moment wurde mir klar, dass ich mein Leben so nicht mehr wollte. Der Chefarzt blickte sorgenvoll auf die Ultraschallbilder. Gekrümmt ging ich hinter den Pavillon und musste mich setzen. Mein Unterleib schmerzte, mir fiel das Atmen schwer und meine Tränen wollten kein Ende finden. Als ich umgezogen war und mich wieder etwas gesammelt hatte, fragte mich mein Arzt, wie lange ich meine Hormontabletten nehmen würde. Ich sagte ihm, dass ich erst 14 Tage nach meiner letzten Operation ein Rezept für die Hormone erhalten habe, da mein Frauenarzt in Urlaub gewesen sei und im Krankenhaus mir niemand erklärt habe, um was ich mich zu kümmern hatte. Mir war die Dringlichkeit dieser Hormontherapie weder klar gewesen noch erklärt worden. Ich konnte dem Arzt ansehen, dass er verärgert war über diese Angelegenheit. Erst nach meiner Entlassung aus dem Krankenhaus war es mir möglich gewesen, mich über meine Erkrankung zu informieren. Der Chefarzt war scheinbar auch verärgert über die Entwicklung meiner Krankheit, vielleicht hätten mir diese Schmerzen erspart werden können, doch er sagte nichts weiter dazu. Er sagte nur, dass irgendetwas Undefinierbares in meiner Gebärmutter sei und ich dringend operiert werden müsse. Und ich sollte mich an den Gedanken gewöhnen, meine Gebärmutter zu verlieren. Obwohl ich erst 33 Jahre alt und für solch einen Eingriff zu jung sei, könnte es sein, dass der Befund bei der Operation dazu führt.

Mir war alles egal. Gebärmutter entfernen – das war mein kleinstes Problem. Ich wäre gerne selbst entfernt worden, und zwar aus meinem Leben. Ich wollte nur noch schmerzfrei sein. Wir sprachen alles Notwendige ab. Obwohl ich schlimme Schmerzen hatte, konnte ich meinen Arzt davon überzeugen, noch eine Woche zu warten. Zuerst musste ich meinem Arbeitgeber von dem erneuten Ausfall in der Firma erzählen, meine Familie darauf vorbereiten, dass ich wieder ins Krankenhaus musste, und mich selbst davon überzeugen, nicht gleich vor ein Auto zu springen. In meinem Kopf liefen die Bilder der Operation ab. Als ich das Krankenhaus verließ – ich weiß gar nicht mehr wie –, war mein Kopf wie in Watte gepackt. Alles ging wieder von vorne los. Alles, die Schmerzen, der Ärger, die Wut, die Angst, die Schwierigkeiten. Es würde nie vorbei sein.

In den Armen meiner Familie flossen die nächsten Tränen. Meine beiden konnten langsam auch nicht mehr – aber trotz-

127

dem machten sie mir Mut. Sie garantierten mir, dass wir es auch dieses Mal schaffen würden. Sie waren sich sicher, ich nicht. Ich war es so leid. Wieder ging ich zu meinen Vorgesetzten, wieder musste ich ihnen mitteilen, dass ich mehrere Wochen ausfallen würde. Wieder wünschten sie mir alles Gute und wieder konnte ich mich auf sie verlassen. Die Stimme in meinem Kopf flüsterte mir zu: »Na, was meinste, wie oft darfst du noch ausfallen? Dieses Mal noch, oder ist dieses Mal schon das entscheidende Mal zu viel? Darfst du wiederkommen? Oder bist du schon untragbar geworden?« Es zog mich natürlich noch weiter runter, dass meine böse Stimme immer dann da war, wenn ich sie nicht gebrauchen konnte.

Am 30.05. ging ich ins Krankenhaus. Draußen war Sommer und ich lag weinend in meinem Privatzimmer. 21.00 Uhr, ich stand am Fenster, sah in den Himmel und wünschte mir einfach nur, dass mich der liebe Gott erlösen möge. Ich hörte das Leben, sah den Himmel, der sich wunderschön rotgelb verfärbte. Lachende Menschen, die auf dem Fahrrad an meinem Fenster vorbeifuhren. Alles ging weiter, das Leben fand auf der anderen Seite des Krankenhausfensters statt – ohne mich. Auch wenn ich meine Familie nicht verlassen wollte, war ich mir sicher, dass ich da oben keine Schmerzen mehr haben würde. Die Gedanken an meinen Tod waren zwar egoistisch, aber ich konnte und wollte nicht mehr. In meinem Kopf dröhnte der Satz: Es wird nie aufhören.

Ganz in der Nähe des Krankenhauses war ein Biergarten, in dem mein Mann, meine Tochter und ich gerne mal einkehrten, wenn wir mit dem Fahrrad unterwegs waren. Ich sehnte mich danach, einfach mal wieder Fahrrad fahren zu können. Selbst das konnte ich nicht mehr. Die Erschütterungen beim Fahren schmerzten so sehr in meinem Bauch, dass ich in dem Jahr nicht einmal mit dem Rad unterwegs gewesen war. Im Biergarten spielte eine Band. Das Leben da draußen hörte sich gut an. Ich hier drinnen, das hörte sich schlecht an. Als ich das Radio an meinem Krankenbett einschaltete, spielte ein Lied von Ronan Keating, »If tomorow never comes«. Wenn ich das Lied heute höre, bin ich sofort wieder in diesem Krankenzimmer und sehe mich am Fenster stehen.

Ich weinte mich in der Nacht vor meiner Operation in den Schlaf und bereitete mich am nächsten Morgen routiniert auf meine Operation vor. Die Krankenschwester kam rein und wollte mich unterhalten. Ich schwieg und schloss die Augen. Bring mich einfach weg, sorgt dafür, dass ich in Narkose liege und am besten nie wieder aufwache – das waren keine guten Gedanken, aber sie waren in diesem Moment meine. Ich konnte nicht mehr und vor allen Dingen wollte ich nicht mehr. Ruhe. Ich wollte nur noch Ruhe! Ich redete auch nicht mit dem OP-Personal, sie schlossen mich an, meine Narkose lief in mich rein und ich wandelte rüber ins Schwarze. Nichts war mehr da, das fühlte sich gut an – endlich Ruhe! Lieber Gott, lass mich bei dir, ich brauche Ruhe.

Schmerzen rissen mich aus der Ruhe wieder heraus. Ich war wach, im Krankenhaus, neben mir mein Mann und mein Mädchen. Mein Bauch fühlte sich an, als hätte man mir den Leib aufgerissen und Teile herausgerissen. Es war wieder so, als hätte irgendwer mit einem Mixer in meinem Bauch rumgerührt. Aus meinem Bauch hingen Schläuche, mir wurde ein Katheder gelegt und links von mir war ein Gerät, mit dem ich mir ein Schmerzmittel verabreichen konnte.

Meine Familie war da. Das war das Wichtigste. Ich hatte es mal wieder hinter mir. Meine Gebärmutter musste entfernt werden, weil sie völlig deformiert gewesen war. Die Ärzte erklärten mir, dass die Gebärmutter wie ein starker Muskel ist, zum Beispiel am Oberarm. Meine Gebärmutter war völlig erschlafft. In meinem Bauch und meiner Gebärmutter waren wieder Endometrioseherde gefunden worden, die die fürchterlichen Schmerzen erklärten. Ich nahm alle Informationen einfach nur hin. Froh war ich nur darüber, dass diese große Operation trotzdem durch meinen Bauchnabel durchgeführt werden konnte und nicht noch zusätzlich ein Bauchschnitt nötig gewesen war. Meine defekte Gebärmutter war zerlegt und dann in Etappen »abtransportiert« worden.

Nach dieser Operation war ich gebrechlich wie ein alter Mensch. Ich durfte nicht aufstehen und wurde in einem Rollstuhl von einer Krankenschwester geduscht. Ich war 33 Jahre jung und fühlte mich elendig. Eine Privatsphäre gab es in dieser Zeit nicht für mich, denn ich konnte weder alleine auf die Toilette, geschweige denn mich waschen. Nie hätte ich es für möglich gehalten, wie schlecht man sich fühlen kann, wenn man die einfachsten Dinge nicht alleine machen kann.

Auch wenn es mir sehr schlecht dabei ging, habe ich mit Rückblick auf diese Zeit eine absolute Hochachtung für Menschen in pflegerischen Berufen. Was diese Menschen leisten, ist unglaublich. Mir ist aber auch Pflegepersonal begegnet, das für diesen Bereich menschlich nicht qualifiziert war. Sie gingen lieblos mit den Patienten um. Sie machten ihren Job, ja, aber mit Menschen arbeiten sollte eine Berufung sein und nicht nur ein Job. Damals wurde mir klar, wie wichtig die Würde eines Menschen ist. Ob jung oder alt, menschenwürdig behandelt zu werden, ist das Wichtigste im Leben. Besonders, wenn man krank ist.

Nach diesem Krankenhausaufenthalt wechselte ich meinen Frauenarzt. Ich hörte, dass in der Nähe eine neue Praxis eröffnet hatte, und ging mit meiner Krankengeschichte zu diesem Arzt.

Direkt nach der Entlassung ging ich zu ihm, da es mir noch sehr schlecht ging. Zu den Schmerzen im Bauch litt ich auch noch unter extremer Unruhe und Schweißausbrüchen und fühlte mich depressiv. Die Beschwerden waren üblich bei Frauen in den Wechseljahren. Dass ich nicht in den Wechseljahren sein konnte, war mir klar, doch glaubte ich an einen Zusammenhang zwischen meinen Beschwerden und der Operation.

An diesem Tag lernte ich einen absolut arroganten und selbstverliebten Arzt kennen, der mir wahrhaftig auf meine Beschwerden folgende Antwort gab: »Frau Bloch, ich sage es Ihnen mal ganz platt. Wenn wir Ihnen die Nase amputieren, heißt das nicht, dass Sie nicht mehr hören können!«

Ich konnte nicht fassen, was ich mir anhören musste. Geschwächt von allem, was mich belastete, saß ich wie ein Häufchen Elend vor dem Arzt. Seine Worte waren wie Schläge in mein Gesicht. Wortlos ging ich aus der Praxis. Ich ging nach Hause und war mir nicht mehr sicher, ob der Arzt oder ich verrückt war.

Einen Tag später ging ich zu einer Ärztin, die ihre Praxis direkt neben meinem Arbeitgeber hatte. Ich erzählte auch ihr von meiner Erkrankung und von der Odyssee, einen Arzt für mich zu finden. Sie war eine sehr kompetente und auch einfühlsame Ärztin, und sie gab mir vom ersten Moment an das Gefühl, dass meine Erkrankung und ich nun ein Zuhause haben. Frau Dr. Hamacher, an dieser Stelle vielen Dank für alles!

Meine Genesung brauchte Zeit. Nicht nur die chirurgischen Narben, sondern auch die seelischen Narben benötigten Ruhe, die ich ihnen geben musste. Nach dieser Operation hatte ich mich verändert. Meine Schmerzen wurden täglich besser und meine Kraft kam zurück. Der unbändige Wille, ein unbeschwertes Leben führen zu wollen, half mir dabei, auch in den schlechtesten Momenten nicht wirklich aufzugeben.

Jahreswechsel

Silvester in diesem Jahr war für mich sehr besinnlich. Ich hatte mich auf den Weg eines Reinigungsprozesses mit mir und meinem inneren Team eingelassen. Es war verdammt anstrengend, jedem Gefühl in meinem Leben eine neue Aufmerksamkeit zu schenken. Es war anstrengend, jedoch nicht ermüdend. Für mich war es eine Bereicherung, nach über 30 Jahren Sandra neu kennenzulernen. Dieser Reinigungsprozess mit mir und meinem Leben zog natürlich auch Konsequenzen für andere Menschen in meiner Umgebung nach sich. In mir flackerte eine kleine Flamme Kraft auf und mit jeder Antwort, die ich mir geben konnte, wurde das Feuer, meine Kraft, größer. Ich fing an, mich von Bekannten zu trennen, die mich belasteten. Es war so ein gutes Gefühl, sich nicht mehr ständig diese Stimme anzuhören, warum ich mich mit ihnen belastete.

Ebenso fand ich die Kraft, Menschen in ihre Grenzen und vor allen Dingen aus meinen persönlichen Grenzen herauszumanövrieren. Okay, ich muss sagen, es gab auch Tage, an denen hatte ich mit jedem in meinem Umkreis ein Problem. Aus Scherz sagte ich dann: »Wenn ich mit 40 Jahren noch Freunde habe, feiere ich meinen 40. Geburtstag groß.« Nun sind es nur noch vier Wochen bis zu meinem 40. Geburtstag. Zwei Freunde und eine ganze Menge Bekannte sind mir geblieben. Gegen die Fete habe ich mich im vergangenen Jahr schon entschieden, heute muss ich sagen: leider. Aber vielleicht plant ja noch wer eine Überraschungsparty?

In der Silvesternacht stand ich wie immer auf der Straße. Lauschte dem Glockengeläut, bekam wie immer eine Gänsehaut, sah den Raketen zu, wie sie in den Himmel flogen und in bunten Farben als Glitter wieder zurück zur Erde kamen. Ich ging mit mir ins Zwiegespräch, während mein Schwiegervater, mein Mann und meine Tochter dafür sorgten, dass die Raketen kein Ende nahmen. Mir liefen Tränen übers Gesicht und ich schaute nach oben, fragte den lieben Gott, meine Mutter und meine Schutzengel: »Na, was meint ihr? Wird das noch was mit mir? Bin ich auf dem richtigen Weg?« Ich dankte für meine Arbeit, die mir sehr dabei half, mich selbst zu finden, und fragte, wie wohl das neue Jahr würde. Am Ende bat ich darum, gesund zu bleiben.

Vielleicht lag es am Sekt oder an der Situation, dass sich wildfremde Menschen in den Armen lagen und heulten. Ich war mir sehr sicher, auf einem guten Weg zu sein. Irgendwann, am Ende dieses Weges, würde ich richtig glücklich. Irgendwann.

Herz

Es war März 2003, als ich mich sehr um meine Tochter sorgte. Sie war bereits seit einer Woche krank und machte keinen Anschein, gesund zu werden. Am Anfang klagte sie lediglich über Hals- und Bauchschmerzen, aber es wurde auch nach Tagen nicht besser. An einem Sonntag musste ich mit ihr den ärztlichen Notdienst aufsuchen, da sie sehr hohes Fieber hatte und sich übergeben musste. Dort warteten bereits 15 Personen vor uns. Weder der Arzt noch einer der Patienten sah, dass Alina dringend ärztliche Hilfe benötigte. Bis auf eine Frau, die sich irgendwann erbarmte und sagte: »Gehen Sie mit dem Kind vor.«

Glücklich, dass es doch noch aufmerksame Menschen auf der Welt gibt, ging ich als Nächste mit meinem kranken Kind zum Arzt. Beim Hineingehen hörte ich, wie sich ein älterer Herr über diese Frau beschwerte. Liebe Unbekannte, auch wenn ich Ihnen damals nicht danken konnte, habe ich es Ihnen nicht vergessen. Wer Sie auch sind.

Alina war an einer schweren Mandelentzündung erkrankt und bekam ein Antibiotikum, das nach einigen Tagen anschlug, nur wesentlich besser wurde es nicht. Alina schlief sehr viel, und da ich im vergangenen Jahr sehr häufig wegen meiner Krankheit in der Firma gefehlt hatte, versuchte ich trotz der Erkrankung von Alina arbeiten zu gehen.

Eine Woche nahm Alina das Antibiotikum, als meine Schwiegermutter mich in der Firma anrief und mir sagte, dass ich dringend nach Hause kommen sollte. Ich rannte in Windeseile zu meinen Chefs und teilte ihnen mit, dass meine Tochter krank sei und ich dringend nach Hause müsse. Beim Verlassen des Büros hörte ich noch, wie mir beide Chefs Besserungswünsche für meine Tochter hinterherriefen. Zu Hause erkannte ich mein Mädchen fast nicht mehr wieder. Sie war kreidebleich, ihre Beine waren angezogen und sie hatte tiefe graue Ränder unter den Augen. Sofort fuhr ich mit ihr los, zu unserer Kinderärztin. Sie sagte, dass die Mandelentzündung zwar noch nicht ganz auskuriert sei, jedoch nicht für einen so schlechten Zustand sorgen könne. Als die Kinderärztin meine Tochter gründlich von oben bis unten untersuchte, glaubte sie, dass irgendetwas mit ihrem Bauch nicht stimmen würde. Sie sagte, ich solle sicherheitshalber mit Alina ins Krankenhaus fahren, um dort einen Ultraschall durchführen zu lassen. Keine halbe Stunde später wurde mein Mädchen untersucht.

Angst

Die Kinderärztin rettete mit ihren Bedenken Alina das Leben. Denn bereits nach einer Minute Ultraschall war klar, dass der Blinddarm meiner Tochter kurz vorm Platzen stand. Sie musste sofort operiert werden. Ich hatte panische Angst um mein Kind. Sie lag einfach nur da und fragte mich: »Mama, muss ich operiert werden? Tut das weh?«

So ruhig wie möglich versuchte ich ihre Fragen zu beantworten. Ich konnte ihr nicht versprechen, dass es nicht wehtut, jedoch sagte ich ihr, dass die Ärzte ihr helfen würden, damit es ihr bald besser geht und sie wieder draußen spielen kann. Ich hatte Tränen in den Augen, ich musste das Leben meines Kindes in andere Hände geben. Alina wurde für die Operation vorbereitet und ich rief meinen Mann an. Mein Mann wusste, was meine Tochter für mich bedeutet. Denn die ganze Liebe, die ich meiner Mutter nicht mehr geben durfte, gab ich ihr. Er war auch in dieser Situation mein Ruhepol. Er hielt meine Hand, während wir mit dem Chirurgen über den Ablauf der Operation sprachen.

Da Alina ein sehr schmales Mädchen war, wollten die Ärzte einen Bauchschnitt machen, da eine Bauchspiegelung für den kleinen Körper zu anstrengend gewesen wäre. Wir wollten alles, nur nicht, dass unser Kind noch mehr leiden musste. Der Chirurg versuchte uns aufzubauen, indem er uns sagte, dass der Eingriff ein Routineeingriff sei. Doch alle guten Worte konnten mein Herz nicht erreichen. An der OP-Schleuse mussten wir unser Mädchen abgeben. Wir versprachen ihr, dass wir eine Überraschung hätten, wenn sie alles hinter sich hatte. Mein Mann blieb im Krankenhaus und ich machte mich auf den Weg nach Hause, um einige Dinge fürs Krankenhaus zusammenzupacken. Als ich an dem Schreibwarenladen in unserem Ort vorbeikam, machte ich Halt. Alina hatte riesigen Spaß an einem Stofftier, das sie hier gesehen hatte. Völlig wirr und ohne Geld ging ich ins Geschäft und erzählte, dass mein Mädchen gerade operiert würde. Dem Besitzer sagte ich, dass ich dieses Stofftier bräuchte und es irgendwann bezahlen würde, wenn ich wieder klar denken könnte. Wir wohnen in einem kleinen Dorf in Duisburg. Hier kennt jeder jeden und vor allen Dingen kennen alle Alina. Der Besitzer gab mir nicht nur das Stofftier auf Pump, sondern auch noch ein kleines Geschenk für mein Mädchen mit.

Nachdem ich zu Hause Sachen fürs Kind und mich gepackt hatte, fuhr ich sofort wieder zum Krankenhaus. Mein Mann und ich warteten vor dem OP-Saal. Endlich brachten sie uns unseren Engel zurück. Sie hatte hohes Fieber und war schneeweiß im Gesicht. Von dieser Sekunde an ließ ich mein Mädchen keine Minute mehr alleine. Als sie wach wurde, hatte sie große Schmerzen. Ich versuchte sie sanft zu beruhigen und auf sie einzureden. Zwischendurch schlief sie immer wieder ein. Momente für mich und meinen Mann, Luft zu holen.

Mein Mann fuhr nach Hause, um der Familie zu sagen, was geschehen war. Während sich die Kleine ihre Narkose und Entzündung aus dem Leib schlief, meldete ich mich kurz bei meinem Arbeitgeber. Meinen Vorgesetzten teilte ich mit, wie es um mein Kind stand. Meine Chefin sagte, dass ich so lange bei meinem Kind bleiben solle, bis es gesund sei. In den vergangenen Monaten hatte ich jede Menge Überstunden angesammelt, und sie sagte nun, dass ich diese jetzt in Ruhe abfeiern sollte. Auch dieses Mal war mein Arbeitgeber also wieder eine große Stütze, was nicht selbstverständlich ist, zumal ich selbst in den vergangenen Jahren länger ausgefallen war. Ich fühlte mich in meiner Theorie bestätigt: Wer

136

Gutes tut, bekommt Gutes zurück. Die Firma konnte immer auf mich zählen, und immer, wenn ich die Firma brauchte, konnte ich auf sie zählen.

Zurück auf der Station machte ich mich schlau, ob ich für mich und meine Tochter ein Einzelzimmer bekommen konnte. Das war nicht möglich, schlimmer noch, ich erhielt noch nicht einmal eine Schlafgelegenheit. Das Einzige, was ich bekam, war ein Krankentransportwagen. Aber das war mir egal, ich würde Alina nicht alleine im Krankenhaus lassen. Nach dem Tod meiner Mutter hatte ich mir geschworen, nie wieder jemanden, den ich liebe, im Krankenhaus alleine zu lassen. Seit damals konnte ich einen Gedanken nicht mehr loswerden: Wenn ich bei meiner Mutter geblieben wäre, würde sie noch leben! Wahrscheinlich wäre es nicht so, aber da mir keiner das Gegenteil beweisen kann, steckte dieser Gedanke in meinem Kopf und in meinem Herzen.

Tag und Nacht wachte ich am Bett meines Kindes. Mein Mann und meine Familie hatten mich gebeten, mal nach Hause zu gehen, um in Ruhe eine Nacht zu schlafen und wieder Kräfte zu tanken. Doch keine zehn Pferde hätten mich von der Seite meines Kindes wegbekommen!

Wir bekamen irgendwie die Nächte herum. Tagsüber ließen wir das Fernsehen laufen, die bewegten Bilder lenkten Alina von ihren Schmerzen ab. Drei Tage nach der Operation – und obwohl mein Mädchen noch Schmerzen hatte – wurde Alina aus dem Krankenhaus entlassen. Für uns als Eltern völlig unverständlich. Gleichzeitig dachten wir, dass Alina im Schoße der Familie schneller gesunden würde. Am Entlassungstag konnte sie noch nicht einmal laufen. Ich schob sie mit einem Rollstuhl ins Erdgeschoss und sagte ihr, dass ich eben das Auto holen würde. In der Zwischenzeit bestaunte sie ein Schaufenster des Krankenhauskiosks. Darin saßen unter anderem auch Stofftiere. Als ich das Auto geholt hatte, zeigte mir Alina im Schaufenster einen kleinen Hund, einen Husky, den würde sie haben wollen, wenn sie nochmals ins Krankenhaus müsste. Ich versprach es ihr, aber sagte ihr auch, dass wir jetzt erst einmal nach Hause fahren würden. Ich war froh, das Krankenhaus hinter mir lassen zu können.

Drei Tage nach der Entlassung ging es Alina nicht viel besser. Sie aß kaum, sah schlecht aus und klagte über Schmerzen. Irgendwann fragte sie mich, ob sie etwas von einer Fastfood-kette mit einem M haben dürfe. Obwohl sie noch Diät leben sollte, waren wir als Eltern froh über jeden Essenswunsch, den sie hatte. Also fuhr ich los wie der Blitz und besorgte ihr diese kleinen Chicken-Schnitzelchen – notfalls hätte ich das Chicken auch selbst geschlachtet.

Alina schaffte drei dieser Hähnchenschnitzel und wir waren überglücklich. Die Freude darüber hielt leider nicht lange an, denn gegen Abend bekam unser Kind zunehmend Bauchschmerzen. Sofort hätte ich mich verfluchen können, dass ich ihr dieses Fastfood gegeben hatte. Mein Mann beruhigte mich und sagte mir, dass das normalerweise nicht so schlimme Folgen haben könnte. In meinem Kopf war wieder die Stimme: »Du bist schuld, du bist schuld.«

Als Alina nachts immer noch vor Schmerzen weinte, riefen wir den Notarzt an. Sie schrie nur noch: »Aua, aua, mein Bauch, mein Bauch!« Es dauerte eineinhalb Stunden, bis der Notarzt da war. Wir erzählten ihm, dass Alina erst vor drei Tagen operiert worden sei. Er teilte uns mit, dass Alina einen Darmstillstand habe und sofort ins Krankenhaus müsse. Der Arzt blieb, bis der Krankenwagen bei uns war. Wie betäubt packte ich die Sachen zusammen, die ich gerade erst ausgepackt hatte. Mein Mann und ich waren in einem Schockzustand. Unser Mädchen weinte vor Schmerzen und wir konnten nicht mehr tun, als sie wieder in die Hände anderer zu geben. Ich werde ihre Schreie nie vergessen.

Die Feuerwehrmänner wollten Alina zuerst auf eine Trage legen. Doch als sie das Bett berührten, weinte sie schon. Einer der beiden nahm mein Mädchen dann vorsichtig auf den Arm, der andere legte ihr die Decke über, denn sie hatte wieder hohes Fieber. Wie gelähmt folgte ich den beiden Feuerwehrmännern und mein Mann fuhr mit dem Auto hinterher. Mit Blaulicht fuhren wir ins Krankenhaus. Bei jedem Schlagloch schrie die Kleine laut vor Schmerzen. Mein Herz zerriss in 1000 Stücke. Der zweite Feuerwehrmann, der bei mir und meinem Mädchen saß, gab Anweisung, die Schlaglöcher zu umfahren. Ihr Schreien wurde besser. Im Krankenhaus wurden wir bereits von einem Ärzteteam erwartet. Während ich mit dem behandelnden Notarzt darüber sprach, was vorgefallen war, wurde Alina ein Zugang gelegt. Meine Kleine fragte nicht einmal, was geschah. An der Schleuse zum OP-Saal standen mein Mann und ich wie vor ein paar Tagen. Nur dieses Mal war alles noch viel schlimmer. Ich weinte und ließ mich nicht mehr beruhigen. Die Ärzte sagten uns, wir sollten nach Hause gehen, aber wir wichen nicht eine Sekunde von dieser Tür. Nicht eine Sekunde. Jedes Mal, wenn die Tür aufging und ich hoffte, dass mein Mädchen herauskam, sagte man mir, wir könnten auch woanders warten. Könnten, ja, wir wollten aber nicht. Mein Mann stand vor mir und wir versuchten uns gegenseitig zu trösten. Ich ließ mich an der Wand entlang auf den Boden sinken und konnte nicht mehr aufhören zu weinen. Immer und immer wieder murmelte ich: »Wenn ihr etwas passiert, dann bringe ich mich um. Meine Mutter musste ich schon beerdigen, wenn meiner Tochter etwas passiert, bringe ich mich um. Ich habe keine Kraft mehr. Warum tust du mir das an, lieber Gott? Ich habe doch alles hergegeben. Nimm mir nicht das Liebste.« Ich war nicht nur auf dem Krankenhausboden angekommen, sondern auch auf dem Boden meines Lebens. Der Tod meiner Mutter war fürchterlich für mich gewesen, mein Leben war eine Zeit lang eine Katastrophe, meine Erkrankungen waren schmerzhaft, aber das alles hatte ich geschafft. Immer wieder hatte ich auf Gott und das Schicksal vertraut, nach vorne geblickt. Versucht, aus allem das Beste zu machen. Mit meiner Fantasie war es mir gelungen, die Welt bunter zu sehen. Aber das hier brachte mich um. Ich fühlte mich leer und tot.

Verzweiflung

Nach Stunden brachten Sie unser Mädchen raus. Mein Gott, wie schlimm sah sie aus. Kreidebleich, hohes Fieber, aber sie lebte. Der Chirurg sagte uns, dass Alina Eiteransammlungen im Bauchraum hatte. Dadurch war eine Bauchfellentzündung entstanden und sie hatte einen Darmstillstand. Endoskopisch hatten die Ärzte den Bauchraum gereinigt und gespült, Alina würde nun mit einem starken Antibiotikum behandelt, damit es ihr bald besser ginge.

Wir nahmen diese Informationen hin. Erst nach Tagen kam uns die Überlegung, ob die Ärzte vielleicht doch besser sofort eine Bauchspiegelung hätten machen sollen. Zu den Überlegungen kam später noch Wut. Wut darüber, dass das Kind trotz Schmerzen nach nur drei Tagen entlassen worden war. Die gesamte Familie hätte am liebsten das komplette Krankenhaus verklagt, aber das war uns für diesen Moment egal. Wir beteten nur, dass Alina wieder gesund würde.

Wie beim letzten Mal ging mein Mann zur Familie und ich musste meinen Arbeitgeber anrufen. Vorher ging ich zum Kiosk, in dem Alina diesen Husky gesehen hatte. Ich kaufte ihn, wie versprochen, und mir 'ne Packung Zigaretten und eine Cola. Mit zitternden Händen machte ich mir eine Zigarette an und sog den Rauch so tief es ging in meine Lungen. Ich musste husten, scheinbar wollte ich fühlen, dass ich noch lebe. Leben, nein, das war kein Leben, das war ein Vegetieren. Mir wurde schwindelig, aber auch das war mir egal. Es gab kein Gefühl mehr, auch keine Liebe zu meinem Kind, keine Wut, Angst, Verzweiflung oder Resignation. Nach der Zigarette war mir schlecht, doch auch das war egal. Ich rief meinen Arbeitgeber an. Was ich gesagt habe, habe ich vergessen. Nur als meine Chefin am Telefon war, brach ich in Tränen aus. Zwischendurch flackerte auch mal die Angst um meine Arbeit auf. Aber diese Gedanken waren irgendwie weit weg, ganz weit weg. Ich bekam zum fünften Mal in zwei Jahren die Möglichkeit, eine Auszeit zu nehmen. Meine Chefs wussten, wenn ich da bin, gebe ich mehr als 100 Prozent, selbst meine böse Stimme im Kopf war stumm. Es kamen keine Vorwürfe, keine Schuldzuweisungen – nichts.

Aufbauarbeit

Zurück im Aufwachraum setzte ich mich zu meinem Mädchen. Sie fieberte noch, und erst jetzt konnte ich sehen, dass ein Schlauch aus ihrem Bauch hing. So ein Schlauch, wie ich ihn auch bei meinen Operationen im Bauch hatte. Der Schlauch, bei dem mir jedes Mal angst und bange war, wenn er gezogen wurde. Alina hatte oft genug mitbekommen, wie groß meine Angst war, wenn er entfernt wurde. Wie in Gottes Namen sollte ich dem Kind klarmachen, dass alles nicht so schlimm ist? Ich brach wieder in Tränen aus.

Sie schlief dieses Mal sehr lange und noch war ihr nicht klar, was geschehen war. Irgendwann wurde sie wach und mit Erschütterung sah das Kind den Schlauch. Sie weinte und sagte, dass sie Angst habe. Ich weinte auch, weil ich ebenfalls Angst hatte. Mir fiel ein, dass ich wie in Trance den Husky gekauft hatte. Mein Mann gab ihn ihr und für einen kleinen Moment war der Hauch eines Lächelns in ihrem Gesicht. Sie schlief wieder ein, wurde wach, weinte, bekam Schmerzmittel, schlief, wurde wach und weinte wieder. Ich saß auf einem Gartenstuhl, den mein Mann mir gebracht hatte, weil wieder kein Bett für mich da war. Ich legte meinen Kopf neben ihren und hätte alles dafür gegeben, ihre Schmerzen zu übernehmen. Vorsichtig streichelte ich ihr Gesicht, das von Schmerzen gezeichnet war.

Zwei Tage nach der Operation hatte sie noch immer schlimme Schmerzen. Sie vertraute keinem Arzt und keiner Krankenschwester mehr. Sobald sich ihr jemand näherte, schrie sie. Es war eine Katastrophe. Beruhigend versuchte ich auf sie einzureden. Gewisse Dinge wie Blutabnahme, Kontrolle des Bauches, das Spülen des Zugangs konnte ich nicht übernehmen. Ich versuchte, den Krankenschwestern und Ärzten soweit es ging zur Hand zu gehen. Ich wusch mein Kind, half beim Bettenmachen. Ich kümmerte mich darum, dass sie löffelweise ihre Suppe aß, und versuchte, keinen Schritt von ihrer Seite zu weichen, bis es ihr wieder besser ging. Wenn mein Mann da war, konnte ich mal kurz an die frische Luft. Morgens, wenn das Kind noch schlief, fuhr ich nach Hause, duschen und mich umziehen.

Alina war durch ihre Schmerzen völlig verkrampft. Nach

einigen Tagen kamen die Ärzte zu dem Entschluss, dass sie dringend innerlich zur Ruhe kommen musste. Um die Genesung unseres Kindes zu beschleunigen, empfahlen die Ärzte eine Beruhigungsspritze. Sie erklärten uns, dass unsere Tochter in einen narkoseartigen Schlaf fallen und der ganze Körper entspannen würde. Dabei könnten sich die Muskeln entkrampfen, was wichtig wäre, da Alina bereits am ganzen Körper Schmerzen hatte.

Wir wollten einfach nur das Beste für unsere Tochter, und wenn diese Beruhigungsspritze dabei behilflich war, ihren Zustand zu verbessern, so war es in unserem Sinne. Die Kleine bekam das Medikament und fiel in einen tiefen Schlaf. Die Krankenschwestern kamen regelmäßig zu meiner Kleinen, und ich war froh, ihr Weinen für einige Stunden nicht hören zu müssen. Alinas Gesichtszüge entspannten sich und ich erlebte dadurch auch etwas Entspannung. Alina warf ihren Kopf nicht mehr vor Schmerzen in den Nacken, sondern lag gerade im Bett. Ihre Hände waren nicht mehr zu Fäusten geballt. Ich streichelte sie. Langsam kehrte Ruhe in den kleinen Menschen ein. Unser Mädchen schlief den ganzen Tag und die ganze Nacht. Sie musste mehrmals gewaschen und umgezogen werden. Die Krankenschwestern und wir arbeiteten Hand in Hand. Durch die Ruhe, die Alina ausstrahlte, konnte auch ich etwas ruhiger werden.

Als Alina am nächsten Tag die Augen aufmachte, schimpfte sie mit mir. Sie war sauer auf mich, weil ich sie nicht gefragt hatte, ob sie mit der Spritze einverstanden war. Als Erstes war ich froh, dass sie wieder redete und nicht mehr schrie. Mir liefen Tränen übers Gesicht, vor Freude und auch weil sie so niedlich mit mir schimpfte. Ich versuchte ihr in Ruhe zu erklären, warum diese Beruhigungsspritze nötig gewesen war. Sie schimpfte danach dann auch nicht mehr mit mir und meinem Mann. Alina sagte, dass sie während der Narkose schlimme Albträume gehabt habe, das war das Schlimmste für sie gewesen. Sie erzählte mir, was sie geträumt hatte, und ich versuchte sie nachträglich zu beruhigen.

Im Nachhinein weiß ich, es war die richtige Entscheidung gewesen, denn dieser Tag hatte maßgeblich zu Alinas Genesung beigetragen. Doch noch heute bekomme ich diese Entscheidung aufs Butterbrot geschmiert. Aber: Irgendwann, meine Süße, wirst du uns verstehen!

Die Operation war bereits acht Tage her. Alina war noch nicht aufgestanden und tat sich wirklich schwer damit, wieder auf die Beine zu kommen. Aber das war uns völlig egal. Unser Mädchen lebte, und das war das Wichtigste. Ich las Alina tagsüber Geschichten vor, wir schauten gemeinsam Sendungen im Fernsehen an, und wenn mein Mann mittags da war, löste er mich ab. Irgendwann erlaubten wir der Familie, das Kind zu besuchen. Dadurch war sie dann auch abgelenkt.

Alina lag 14 Tage im Krankenhaus. Jeden Tag ging es ihr etwas besser. Ihre Lebensgeister kehrten zurück. Das war für mich das Wichtigste. Am Tag, als Alina entlassen wurde, standen im Aufzug die Feuerwehrmänner, die sie ins Krankenhaus gefahren hatten. Der Feuerwehrmann, der sie aus dem Haus getragen hatte, sagte zu ihr, dass es schön sei, dass es ihr wieder besser gehe. Ich war fest davon überzeugt, dass diese Begegnung ein gutes Zeichen war. Vielleicht wollte mir Gott sagen, dass diese Männer seine Helfer gewesen waren, die Alina in seinem Auftrag das Leben gerettet hatten.

Wir verabschiedeten uns und fuhren nach Hause. Alina hatte sich durch ihre Erkrankung sehr verändert. Sie war reifer und zielstrebiger geworden. Sie verbannte alles aus ih-

144

rem Leben, was unnötig erschien. Das kam mir irgendwie bekannt vor. Und als Alina das erste Mal wieder herzlich lachte, wurde mir klar, dass es nichts Schöneres auf der Welt gibt. Lachen, so laut und offen, dass jeder einfach mitlachen muss.

Absturz

Diese Zeit ist bei Alina fast völlig verblasst. Nur an einige Dinge aus dem Krankenhaus kann sie sich erinnern, aber mehr nicht. Was mir zeigt, egal wie schwer es auch für mich war, dass es das Wichtigste ist, wenn die Eltern da sind.

An mir ging diese Zeit nicht spurlos vorbei. Alina ging es täglich besser und ich fiel in eine tiefe Depression. Obwohl ich glücklich war, dass sie alles überstanden hatte, zogen mich meine negativen Gedanken in einen tiefen Abgrund. Ich fühlte mich wie in einem Aufzug, der unten angekommen war. Nach dem Krankenhausaufenthalt fühlte ich mich, als stünde ich in einem Aufzug, dessen Seile gerissen waren. Ich befand mich im freien Fall. Ohne Halt fiel ich in einen tiefen dunklen Schacht. Den Aufprall habe ich nicht mehr gefühlt, weil da nichts mehr war. Keine Gefühle, keine Sehnsucht, keine Angst. Nur Trauer, Tränen, Einsamkeit und Verzweiflung. Kein Mensch hatte mehr Zugang zu mir. Mein Mann konnte meine Gefühlswelt nicht mehr verstehen. Für ihn war das Schlimmste vorbei, für mich fing es erst an. Mein Mann versuchte mit mir Kontakt aufzunehmen und ich sah auch, dass er mit mir sprach, aber ich verstand ihn einfach nicht. Es war so, als würde er in einer fremden Sprache mit mir sprechen.

Ich tat alles, um einfach zu fühlen, dass ich noch da war, noch lebte. Streit, Kampf und Konfrontation. Die Bilder aus dem Krankenhaus, die Schreie meines Kindes ließen mich nicht mehr los. Aus meiner Hilflosigkeit flüchtete ich in meine Arbeit. Ich arbeitete von morgens bis abends. Ich wollte alles, nur nicht zur Ruhe kommen. Denn wenn ich Ruhe hatte, fühlte ich, wie krank meine Seele war.

Durch diese innere Veränderung veränderte sich auch meine Liebe zu meinem Mann und zu unserer Liebe. Vom Leben erschöpft, ging ich nach einigen Wochen zu meiner Heilpraktikerin. Mein Unterleib schmerzte wieder. Irgendwo nahm ich den Schmerz wahr, aber ich hatte das Gefühl für mich verloren. Ich hatte meinen Lebenswillen verloren. Ich hatte nur noch folgende Gedanken: Wofür das alles? Warum sollte ich auf mich Rücksicht nehmen? Das Schicksal schlägt willkürlich zu und zerstört nach Lust und Laune mein Leben. Immer gerade dann, wenn es mir ein bisschen besser ging, bekam ich den nächsten Schlag ins Gesicht. Dann hol mich doch endlich hier weg. Lass mich sterben und gut ist! So dachte ich. Ich hatte immer nur ein glückliches Leben gewollt, lachen, lieben und Freude. Mir wurde klar, dass es das für mich nie geben würde. Meine Heilpraktikerin hörte mir zu und ich erzählte ihr, wie es in mir aussieht. Wie ein Wasserfall sprudelten die Wörter aus mir heraus. Als ich fertig war, weinte ich haltlos. Meine Heilpraktikerin gab mir den dringenden Rat, mit meiner Frauenärztin über meinen Zustand zu sprechen.

Am nächsten Tag bekam ich gleich einen Termin bei meiner Ärztin. Mit meinen körperlichen und seelischen Schmerzen saß ich wie ein Häufchen Elend vor ihr, weinte und sie hörte mir zu. Nach unserem Gespräch untersuchte sie mich und stellte fest, dass sich wieder Endometriose-Zysten am rechten Eierstock gebildet hatten. Es ging nicht noch tiefer für mich.

Klar war, dass ich wieder vor einer Operation stand. Es berührte mich nicht mehr. Ich hatte dumpfe Schmerzen, aber die Schmerzen meiner Seele waren viel, viel schlimmer.

Meine Frauenärztin gab mir den Rat, zu einer Therapeutin in der Nähe zu gehen. Zum einen, um wieder zu Kräften zu kommen, und zum anderen, um die bevorstehende Operation zu überstehen.

Die Therapeutin hatte relativ schnell Zeit für mich. Ich erzählte ihr mein Leben und ich kann mich daran erinnern, dass sie immer wieder versuchte, mit ihren Notizen nachzukommen, was ihr häufig nicht gelang. Am Ende der ersten Stunde war sie völlig erschüttert und sagte mir, dass sie sich darüber wundern würde, dass mein Zusammenbruch erst jetzt geschah.

Es folgten viele Gespräche, über mich, mein Leben, meine Gefühle, meine Ängste und meine Hoffnungen. Nach knapp drei Monaten war ich so weit stabil, dass operiert werden konnte. Um meinen Arbeitgeber nicht zu schädigen, verlegte ich diese Operation in meine Sommerferien. Durch die vorherigen Operationen hatte ich Verwucherungen in Bauchraum, Eierstock, Darm und Bauchdecke. Zusätzlich war mein Bauchnabel ständig entzündet und mit der Bauchdecke verwachsen, so dass er »rekonstruiert« werden musste. Ebenso war es wahrscheinlich, dass der rechte Eierstock entfernt werden musste. Wenn ich nicht schon ganz am Boden gewesen wäre, hätte mich diese Information dorthin befördert. Wie benebelt bereitete ich mich auf diese Operation vor. Meine Therapie half mir dabei, meine schlechten Gedanken zu sortieren und den Gefühlen auf den Grund zu gehen. Ich war jedes Mal sehr müde, wenn ich davon nach Hause kam, weil das Kramen in der Seele genauso anstrengend war, wie einen Garten umzugraben. Immer wenn ich glaubte, kein Unkraut mehr zu finden und das Gartenbeet glatt ziehen zu können, fand ich wieder etwas. Wenn ich glaubte, es sei nur ein Blättchen, das ich eben aufnehmen konnte, stellte ich fest, dass das Blättchen tief verwurzelt war. Manche Blätter ließen sich zuerst gar nicht aus dem Beet entfernen, andere ganz schnell.

Ich ließ die vierte Operation in zwei Jahren über mich ergehen. Wie befürchtet, musste der Eierstock entfernt werden. Alle Verwachsungen wurden gelöst und mein Bauchnabel wurde korrigiert. Die Operation verlief den Umständen entsprechend gut. Die Schmerzen waren da, wie immer, der Schlauch war da, wie immer, meine Ängste und Sorgen auch. Nur war es mir nun möglich, mit einer Ärztin über alles zu reden. Mir fiel auf, wenn ich über meine Probleme reden oder schreiben konnte, wurden sie erträglicher.

Wegen der Eierstockentfernung musste ich mit einer Hormon-Ersatztherapie anfangen, da der verbliebene Eierstock die fehlende Hormonproduktion nicht ausgleichen konnte. Durch den Eingriff in meinen Hormonhaushalt musste ich mein bisheriges Kampfgewicht zehn Kilo nach oben korrigieren. Meine Gewichtszunahme belastete mich. Ich versuchte, in meine alten Sachen zu passen. Mit Schrecken, Tränen und Wutanfällen auf dem Dachboden stellte ich fest, dass mein ganzer Körper sich verändert hatte. Diese Tatsache tat meinem nicht vorhandenen Selbstbewusstsein nicht gut. Auch meine Gewichtszunahme war Thema in meiner Therapie. Wir redeten meine Kilos nicht schön, Fakt war jedoch: Seit der Entfernung meines Eierstocks ging es mir gesundheitlich besser. Die Einstellung meines Hormonhaushaltes dauerte bestimmt drei bis vier Monate, doch war ich dann sehr gut eingestellt. Die Nebenwirkungen durch die OP waren für mich sehr belastend. Ich litt an schweren Schlafstörungen, Schmerzen in der Brust, Herzrasen, Gereiztheit, Müdigkeit, Übelkeit, Hitzewallungen, Schweißausbrüchen, allgemeiner Lustlosigkeit und vor allen Dingen war ich sehr schwermütig. Nachdem ich das richtige Maß für mich gefunden hatte, ließen alle diese Beschwerden merklich nach.

Die Gespräche mit meiner Therapeutin taten mir sehr gut, denn diese Gespräche waren ohne Bewertung meiner Person. Für mich war es eine Zeit, in der ich mich neu kennenlernte. Die Tage, an denen ich bei meiner Therapie war, waren sehr anstrengend und aufregend. Von Natur aus bin ich sehr wissbegierig, doch noch nie zuvor hatte ich mich so sehr mit mir beschäftigt. Also machte ich mich auf, in mich hineinzuhören. Ich ließ alle Stimmen in mir zu Worte kommen. Alle, obwohl ich manches Mal glaubte, diese Stimmen nicht mehr hören zu wollen, weil sie kein Ende nahmen. Es war so anstrengend zuzuhören. Ich kam mir vor wie in einer Casting-Show, bei der ein Juror an einem Tisch saß und eine scheinbar endlose Schlange Menschen wollten mit ihm reden. Der Juror war ich und ich fing an, sie anzuhören, mir Notizen zu machen, wenn mir irgendwas auffiel. In erster Linie wollten sie aber nur zur Kenntnis genommen, gehört werden. Sie wollten meine Aufmerksamkeit. Mir war klar, dass dieses Pensum an Stimmen nicht mal eben so anzuhören war. Klar war auch, dass jede Menge Stimmen nie eine Chance von mir bekommen hätten, wenn ich nicht krank geworden wäre. Ich war es mir und meinen Stimmen schuldig, zuzuhören. Also nahm ich mir die Zeit und die Ruhe, alle Stimmen zu Worte kommen zu lassen. Es waren die Stimmen aus meinem gesamten Leben. Eine davon war die kleine Sandra, zirka sieben Jahre alt. Sie weinte und schrie mich an: »Ich wollte einfach nur mal in Ruhe spielen. Mich mit Freundinnen treffen. Ich wollte gut sein in der Schule. Einen Vater, der mir zeigt, wie man Fahrradfahren lernt. Ich wollte nicht immer mit meiner Schwester raus. Außerdem hätte ich gerne ein eigenes Zimmer gehabt.« Dann war da Sandra mit zirka 16 Jahren. Sie war aufmüpfig und maulte direkt los: »Weißt du, wie scheiße das war, nie jemanden mit nach Hause bringen zu können? Ich wollte mit meinen Freunden abhängen, und du, ewig warst du nur für andere da. Deine Mutter, deine Schwester ... Wann hast du dich mal darum gekümmert, was ich wollte? Ich wollte frei sein, lachen, tanzen, singen, Sport treiben, einen guten Schulabschluss machen. Du hast dir nie Zeit für deine Fähigkeiten genommen. Ich habe dich angeschrien und gesagt, ich wollte den Himmel erreichen. Und du warst verbraucht. Du hattest keine Kraft mehr für mich. Du hast es auch nicht zugelassen, zu warten, bis der richtige Mann kam. Weißt du eigentlich, wie romantisch man mit 16 Jahren ist?«

Mir liefen Tränen übers Gesicht, und dies waren erst zwei Stimmen, und beide brachen mir schon das Herz.

Während die anderen Stimmen von mir zu Worte kamen, fiel mir auf, dass sie sich eigentlich alle nur darüber beklagten, dass sie zu kurz kamen. Ich hatte mich für alle Menschen in meiner Umgebung verausgabt, außer für mich. Ich nahm mir Zeit, nur für mich alleine. Nach 34 Jahren in dieser Welt lernte ich mich kennen und hörte mir zu. Es waren auch Stimmen dabei, die mich einfach nur fragten, wo ich eigentlich die ganzen Jahre geblieben war?

Dieser Prozess dauerte sehr viel länger als meine Genesung von der Operation. Manchmal höre ich heute noch eine Stimme, die sich erst jetzt traut zu reden. Nach den gesagten Worten das Richtige zu tun, wurde zu meiner Aufgabe. Ich stellte mich dieser Herausforderung und ganz langsam machte ich mich auf den Weg zu mir. Jeden Tag lernte ich mehr über mich und meine Gefühle. Genau in dieser Zeit schlenderte ich mit meinem Mann über einen Kunstmarkt. Plötzlich blieb ich wie angewurzelt stehen, weil mir ein kleines Wesen in die Augen fiel. Es war eine kleine Figur in einem hellen Gewand, die einen kleinen Vogel in der Hand hielt. Ich stand vor einem kleinen Engel, er hieß »Engel der Heilung«. Dieser Engel hatte kein Gesicht, und genau das war es, was mich faszinierte. Der Engel hatte kein Gesicht, und ich war dabei, mein Gesicht neu zu definieren. Es war der Tag, an dem Engel in mein Leben kamen. Ich habe sie gefunden, in der Zeit, als ich jeden Beistand brauchte und bekam.

Bruch

Im Oktober 2007 hatte ich dann mysteriöse Schmerzen in meinem linken Fuß. Ich konnte plötzlich nicht mehr laufen vor Schmerzen. Am schlimmsten war es nachts. Morgens, wenn ich aufstehen wollte, kam ich überhaupt nicht mehr von der Stelle. Als sich nach zwei Wochen keine Besserung ergab, suchte ich einen Arzt auf, der bei mir zuerst eine Fersenbeinentzündung diagnostizierte. Weitere fünf Wochen später, nach vielen Schmerzmitteln und diversen Untersuchungen, wurde ein Ermüdungsbruch meiner Ferse festgestellt. Mir hatten mehrere Ärzte gesagt, dass so ein Bruch ohne rohe Gewalt kaum möglich wäre. Ich wurde als Exot der Medizin betitelt. Normalerweise muss man von einer hohen Mauer springen, um sich das Fersenbein zu brechen. Mein Fersenbein war gebrochen – es war ein Ermüdungsbruch, da mir nichts anderes passiert war. Ich war mehr als sechs Monate arbeitsunfähig, musste an Krücken laufen und hatte fürchterliche Schmerzen. Das Schicksal hatte mir nochmals gezeigt, wie wichtig die Gesundheit ist.

Durch meine Schicksalsschläge hatte ich Ängste aufgebaut.

Ich litt an Höhenangst, Platzangst, Verlustangst, Angst vorm Sterben, Angst, keine Spuren zu hinterlassen, und Zukunftsangst. Ich konnte alle Ängste ablegen. Mit jedem Problem, das ich in Angriff nahm, besiegte ich eine Angst. Vor einem Jahr war ich auf meiner Trauminsel Ameland und bestieg dort den Leuchtturm. Nie hatte ich mich hochgewagt, weil mir bereits die enge Treppe Angst gemachte hatte. Mit meinem Fuß ging ich besonders vorsichtig die kleinen Treppen nach oben und prüfte nach jeder Etage mein Gefühl. Es war gut, bis ich oben war. Ich ging raus und mich begrüßte die frische Nordseebrise. Ich hätte die Welt umarmen können. Mir wurde klar, dass ich vor nichts mehr Angst haben muss. Ich wusste, dass ich alles schaffen würde, was ich mir vornehme, wenn ich mir und meinem Gefühl einfach nur nahe genug blieb.

Wenn mich was belastet, habe ich gelernt, dem Gefühl nachzugehen, bis ich weiß, warum es sich nicht gut anfühlt. Ich musste für mich Entscheidungen treffen, die für andere Menschen befremdlich wirken mussten. Lange habe ich gebraucht, um zu verstehen, dass ich kein schlechtes Gewissen meinen Geschwistern gegenüber haben muss, weil es mir gut ging. Ebenso konnte ich mich aus meinen Schuldgefühlen befreien, dass meine Schwester in einem Behindertenwohnheim lebt. Ich habe diesen Ballast abgeworfen, denn ich weiß, dass ich anderen Menschen nur gut tun kann, wenn ich mir selbst gut tue.

Es gab Zeiten, in denen ich mich nicht um meine Schwester kümmern konnte und wollte. Meine Seele forderte zu dieser Zeit die Aufmerksamkeit ein, die ich ihr nie geschenkt hatte. Irgendwann war der Tag da, an dem ich mich wieder auf meine Schwester voll und ganz einlassen konnte und zwar so, dass es ihr und mir gut damit ging.

Sie lebt heute auf einem Bauernhof für behinderte Menschen in Wetter. Durch einen Zufall, oder sagen wir einfach, durch eine Fügung, durfte meine Schwester in dieses Wohnheim einziehen. Es ist knapp 75 km von mir entfernt, aber ein wunderbares Haus. Meine Schwester hat sich sehr gut dort eingelebt. Ich hole sie alle vier Monate im Wechsel mit meinem Bruder ab. Sie ruft mich jeden Sonntag um 11 Uhr an und weiß, dass ich dann nur für sie da bin. Ihr geht es zum ersten Mal seit dem Tod unserer Mutter richtig gut und ich lobe sie regelmäßig für ihre Fortschritte, die sie in diesem Wohnheim macht.

Mit meinem Bruder habe ich keinen Kontakt mehr und wenn, dann geht es nur um unsere Schwester. Mir geht es gut mit meiner Entscheidung, mich emotional von ihm zu lösen.

Mein Fußbruch hatte Einfluss auf mein bisheriges Leben. Mir wurde klar, dass ich viel zu schnell durchs Leben geeilt war. Alles, was ich erreichen wollte – musste sofort sein. Ich gönnte mir und anderen die nötige Ruhe. Durch diese Verletzung wurde ich zur Langsamkeit gezwungen. Es gibt Dinge, die ich wohl nie wieder machen kann. Ich kann nicht mehr lange laufen, nicht mehr rennen, keine hohen Schuhe mehr tragen und nicht mehr lange stehen. Das ist zwar schlimm, aber ich werde die Zeiten nicht vergessen, in denen ich gar nicht laufen konnte und mit einem Rollstuhl durch ein Kaufhaus gefahren wurde. Zeiten, in denen ich noch nicht einmal Fahrrad fahren konnte und ich mir nichts sehnlicher wünschte, als an unserer Regattabahn eine Runde spazieren gehen zu können. Es gab Zeiten, in denen ich mein Lachen verloren hatte. Manchmal frage ich mich, wie mein Leben verlaufen wäre, wenn alles normal gewesen wäre. Doch dann denke ich an das, was ich erreicht habe. Mein Leben – so ungewöhnlich es auch war – hat mich zu dem Menschen gemacht, der ich heute bin. Ich habe wahrscheinlich das allergrößte Herz auf dieser Welt und habe kein Problem damit, es zu verschenken. Es geht mir sehr gut mit allen Handicaps, sie gehören zu mir wie meine braunen Augen. Ich habe viel geweint, war oft krank und verzweifelt, aber trotzdem lache ich gerne.